pour *...*

à   Kathmandou ...

Noël 1987

de Sabine

Romain Gary
(Émile Ajar)

Gros-Câlin

Mercure de France

Lorsqu'il parut, en 1974, Gros-Câlin *révéla au public un talent nouveau que devait confirmer, l'année suivante, le retentissant Prix Goncourt donné à* La Vie devant soi.

Ce qui frappe tout d'abord, dans Gros-Câlin, *c'est la vertu comique. Elle repose à la fois sur l'histoire et sur le langage.*

*L'histoire est abracadabrante et drôle dans chacun de ses détails. Michel Cousin, employé à Paris dans une boîte genre I.B.M., participe à un voyage organisé au Maroc. A la porte d'un hôtel-tous-frais-compris, il voit un serpent python, qui lui plaît, et il l'adopte. Il le ramène à Paris et achète une souris blanche pour le repas de « Gros-Câlin », qui ne mange que des proies vivantes. Mais Cousin s'éprend aussi de la souris : les ennuis commencent. M*lle *Dreyfus, une Guyanaise dont Cousin est amoureux, refuse la promiscuité du serpent. Celui-ci fait des fugues, provoque des paniques chez les voisins. Cousin est convoqué par le commissaire de police. Les catastrophes vont s'enchaîner.*

Le langage utilisé provoque le rire presque à chaque ligne. C'est un langage de « doux dingue » : calembours involontaires, légers délires, incorrections comiques, mots employés pour d'autres, etc. On est fasciné par ce monologue inattendu, anormal, et pourtant convaincant.

Malgré une base si saugrenue, le livre atteint une très grande dimension. Cela tient à ce que les clowneries de Gros-Câlin sont l'expression imagée de choses vécues fondamentales, éternelles : peur de la solitude, besoin d'affection, de liberté. Le python montre aussi à quoi s'oppose aujourd'hui tout habitant d'une grande ville.

... Le Conseil National de l'Ordre des Médecins réaffirme son hostilité à l'avortement libre, estimant que si le législateur l'autorisait, cette « besogne » devrait être pratiquée par un « personnel d'exécution particulier » et dans des « lieux spécialement affectés : les AVORTOIRS. »

Journaux du 8 avril 1973.

Je vais entrer ici dans le vif du sujet, sans autre forme de procès. L'Assistant, au Jardin d'Acclimatation, qui s'intéresse aux pythons, m'avait dit :

— Je vous encourage fermement à continuer, Cousin. Mettez tout cela par écrit, sans rien cacher, car rien n'est plus émouvant que l'expérience vécue et l'observation directe. Évitez surtout toute littérature, car le sujet en vaut la peine.

Il convient également de rappeler qu'une grande partie de l'Afrique est francophone et que les travaux illustres des savants ont montré que les pythons sont venus de là. Je dois donc m'excuser de certaines mutilations, mal-emplois, sauts de carpe, entorses, refus d'obéissance, crabismes, strabismes et immigrations sauvages du langage, syntaxe et vocabulaire. Il se pose là une question d'espoir, d'autre chose et d'ailleurs, à des cris défiant toute concurrence. Il me serait très pénible si on me demandait avec sommation d'employer des mots et des formes qui ont déjà beaucoup couru, dans le sens courant, sans trouver de sortie. Le problème des pythons, surtout dans l'agglomérat du grand Paris, exige un renouveau très important dans les rapports, et je tiens donc à donner au langage employé dans le présent traitement une certaine indépendance et une chance de se composer autrement que chez les usagés. L'espoir exige que le vocabulaire ne soit pas condamné au définitif pour cause d'échec.

Je l'ai fait remarquer à l'Assistant, qui approuva.

— Exact. C'est pourquoi j'estime que votre traité sur les pythons, si riche d'apport personnel, peut être très utile, et que vous devriez également évoquer sans hésiter Jean Moulin et Pierre Brossolette, car ces deux hommes n'ont absolument rien à faire dans votre ouvrage zoologique. Vous aurez donc raison de les mentionner, dans un but d'orientation, de contraste, de repérage, pour vous situer. Car il ne s'agit pas seulement de tirer votre épingle du jeu, mais de bouleverser tous les rapports du jeu avec des épingles.

Je n'ai pas compris et j'en fus impressionné. Je suis toujours impressionné par l'incompréhensible, car cela cache peut-être quelque chose qui nous est favorable. C'est rationnel, chez moi.

J'en conclus sans autre forme de procès de Jeanne d'Arc — je dis cela par souci de francophonie et pour donner les révérences nécessaires — que je suis maintenant dans le vif du sujet.

Car il est incontestable que les pythons tombent dans la catégorie des mal-aimés.

Je commence par la nature, dans ce qu'elle a de plus exigeant : la question alimentaire. On remarquera que je ne cherche pas du tout à passer sous silence le plus pénible : les pythons ne se nourrissent pas seulement de chair fraîche, ils se nourrissent de chair vivante. C'est comme ça.

Lorsque j'ai ramené Gros-Câlin d'Afrique, à la suite d'un voyage organisé dont j'aurais un mot à dire, je me suis rendu au Muséum. J'avais éprouvé pour ce python une amitié immédiate, un élan chaud et spontané, une sorte de mutualité, dès que je l'ai vu exhibé par un Noir devant l'hôtel tout compris, mais je ne connaissais rien des conditions de vie qui étaient exigées de lui, en dehors de moi-même. Or je tenais à les assumer. Le vétérinaire me dit, avec un bel accent du Midi :

— Les pythons en captivité se nourrissent uniquement de proies vivantes. Des souris, des cochons d'Inde, ou même un petit lapin de temps en temps, ça fait du bien...

Il souriait par sympathie.

— Ils avalent, ils avalent. C'est intéressant à observer, quand la souris est devant et que le python ouvre sa gueule. Vous verrez.

J'étais blême d'horreur. C'est ainsi que dès mon retour dans l'agglomération parisienne je me suis heurté au problème de la nature, auquel je m'étais déjà heurté avant, la tête la première, bien sûr, mais sans y avoir contribué délibérément. J'ai surmonté le premier pas et j'ai acheté une souris blanche, mais celle-ci changea de nature dès que je l'ai sortie de sa boîte dans mon habitat. Elle prit brusquement un aspect personnel important, lorsque j'ai senti ses moustaches au creux de ma main. Je vis seul, et je l'ai appelée Blondine, à cause, justement, de personne. Je vais toujours au plus pressé. Plus je la sentais petite au creux de ma main et plus elle grandissait et mon habitat en devint soudain tout occupé. Elle avait des oreilles transparentes roses et un minuscule museau tout frais et ce sont là chez un homme seul des choses qui ne trompent pas et qui prennent des proportions, à cause de la tendresse et de la féminité. Quand ce n'est pas là, ça ne fait que grandir, ça prend toute la place. Je l'avais achetée en la choisissant blanche et de luxe pour la donner à manger à Gros-Câlin, mais je n'avais pas la force masculine nécessaire. Je suis un faible, je le dis sans me vanter. Je n'ai aucun mérite à ça, je le constate, c'est tout. Il y a même des moments où je me sens si faible qu'il doit y avoir erreur et comme je ne sais pas ce que j'entends par là, c'est vous dire son étendue.

Blondine a aussitôt commencé à s'occuper de moi, grimpant sur mon épaule, farfouillant dans mon cou, chatouillant l'intérieur de mon oreille avec ses moustaches, tous ces mille petits riens qui font plaisir et créent l'intimité.

En attendant, mon python risquait de crever de faim. J'ai acheté un cochon d'Inde, parce que c'est plus démographique, l'Inde, mais celui-ci aussi trouva moyen de se lier immédiatement d'amitié avec moi, sans même faire le moindre effort dans ce sens. C'est extraordinaire à quel point les bêtes se sentent seules dans un deux-pièces du grand Paris et combien elles ont besoin de quelqu'un à aimer. Je ne pouvais pas jeter ça dans la gueule d'un python affamé par simple égard pour les lois de la nature.

Je ne savais quoi faire. Il fallait nourrir Gros-Câlin au moins une fois par semaine et il comptait sur moi dans ce sens. Il y avait déjà vingt jours que je l'avais assumé et il me témoignait de son attachement en s'enroulant autour de ma taille et de mes épaules. Il balançait sa jolie tête verte devant mon visage et me regardait dans les yeux fixement, comme s'il n'avait jamais vu rien de pareil. Mon drame de conscience devint tel que je courus consulter le père Joseph, de la paroisse, rue de Vanves

Ce curé a toujours été pour moi un homme de bon conseil. Il était sensible à mes égards et très touché, parce qu'il avait compris que je ne le recherchais pas pour Dieu, mais pour lui-même. Il était très susceptible là-dessus. Si j'étais curé, j'aurais moi aussi ce problème, je sentirais toujours que ce n'est pas vraiment moi qu'on aime. C'est comme ces maris dont on recherche la compagnie parce qu'ils ont une jolie femme.

L'abbé Joseph me témoignait donc une certaine sympathie au bureau de tabac en face, le *Ramsès*.

J'ai entendu une fois mon chef de bureau dire à un collègue : « C'est un homme avec personne dedans. » J'en ai été mortifié pendant quinze jours. Même s'il ne parlait pas de moi, le fait que je m'étais senti désemparé par cette remarque prouve qu'elle me visait : il ne faut jamais dire du mal des absents. On ne peut pas être là vraiment et à part entière; on est en souffrance et cela mérite le respect. Je dis cela à propos, parce qu'il y a toutes sortes de mots comme « pas perdus » qui me font réfléchir. « C'est un homme avec personne dedans... » Je n'ai fait ni une ni deux, j'ai pris la photo de Gros-Câlin que je porte toujours dans

13

mon portefeuille avec mes preuves d'existence, papiers d'identité et assurance tous-risques, et j'ai montré à mon chef de bureau qu'il y avait « quelqu'un dedans », justement, contrairement à ce qu'il disait.

— Oui, je sais, tout le monde ici en parle, fit-il. Peut-on vous demander, Cousin, pourquoi vous avez adopté un python et non une bête plus attachante?

— Les pythons sont très attachants. Ils sont liants par nature. Ils s'enroulent.

— Mais encore?

J'ai remis la photo dans mon portefeuille.

— Personne n'en voulait.

Il me regarda curieusement.

— Vous avez quel âge, Cousin?

— Trente-sept ans.

C'était la première fois qu'il s'intéressait à un python.

— Vous vivez seul?

Là, je me suis méfié. Il paraît qu'ils vont faire passer régulièrement des tests psychologiques aux employés, pour voir s'ils se détériorent, se modifient. C'est pour préserver l'environnement. C'était peut-être ce qu'il était en train de faire.

J'en ai eu des sueurs froides. Je ne savais pas du tout si les pythons étaient bien vus. Ils étaient peut-être mal notés dans les tests psychologiques. Cela voulait peut-être dire qu'on n'était pas content de son emploi. *Vit seul avec un python.* Je voyais ça dans mon dossier.

— J'ai l'intention de fonder une famille, lui dis-je. Je voulais lui dire que j'allais me marier, mais il prit ça pour le python. Il me regardait curieusement et curieusement.

14

— C'est seulement en attendant. Je song[e à] me
marier.

C'était exact. J'ai l'intention d'épouser Mlle D[rey]-
fus, une collègue de bureau qui travaille au même
étage, en mini-jupe.

— Félicitations, dit-il. Mais vous aurez du mal à
faire accepter un python par votre femme.

Il s'en alla sans me laisser le temps de me
défendre. Je sais parfaitement que la plupart des
jeunes femmes aujourd'hui refuseraient de vivre en
appartement avec un python de deux mètres vingt
qui n'aime rien tant que de s'enrouler affectueuse-
ment autour de vous, des pieds à la tête. Mais il se
trouve que Mlle Dreyfus est elle-même une
négresse. Elle a sûrement la fierté de ses origines et
de son milieu naturel. C'est une Noire de la
Guyane française, comme son nom l'indique,
Dreyfus, qui est là-bas très souvent adopté par les
gens du cru, à cause de la gloire locale et pour
encourager le tourisme. Le capitaine Dreyfus, qui
n'était pas coupable, est resté là-bas cinq ans au
bagne à tort et à travers, et son innocence a
rejailli sur tout le monde. J'ai lu tout ce qu'on peut
lire sur la Guyane quand on est amoureux et j'ai
appris qu'il y a cinquante-deux familles noires qui
ont adopté ce nom, à cause de la gloire nationale et
du racisme aux armées en 1905. Comme ça,
personne n'ose les toucher. Il y a eu là-bas un Jean-
Marie Dreyfus condamné pour vol et cela a failli
provoquer une révolution, à cause des choses
sacrées et des biens nationaux. Il est donc parfaitement évident que je n'avais pas pris un python
africain chez moi astucieusement pour me donner
une excuse et expliquer pourquoi aucune jeune
femme ne voulait venir vivre avec moi, à cause des
préjugés contre les pythons et pourquoi je n'ai pas

15

d'amis de mon espèce. Et d'ailleurs, le chef de bureau n'est pas marié, lui aussi, et il n'a même pas de python chez lui. En vérité, je n'ai demandé à personne de m'épouser, bien qu'entre Mlle Drey-fus et moi, c'est d'un moment à l'autre et à la première occasion qui se présente, mais il est exact que les pythons sont en général considérés comme répugnants, hideux, ils font peur. Il faut, je le dis en toute connaissance de cause et sans désespoir, il faut beaucoup d'affinités sélectives, un héritage culturel commun, pour qu'une jeune femme accepte de vivre ainsi à deux nez à nez avec une telle preuve d'amour. Je n'en demande pas plus. Je m'exprime peut-être à mots couverts mais l'agglo-mération parisienne compte dix millions d'usagés sans compter les véhicules et il convient, même en prenant le risque de crier à cœur ouvert, de cacher et de ne pas exposer l'essentiel. D'ailleurs, si Jean Moulin et Pierre Brossolette ont été pris, c'est parce qu'ils se sont manifestés dehors, parce qu'ils sont allés à des rendez-vous extérieurs.

Une autre fois, dans le même ordre de choses, j'ai pris à la porte de Vanves un wagon qui s'est trouvé être vide, sauf un monsieur tout seul dans un coin. J'ai immédiatement vu qu'il était assis seul dans le wagon et je suis allé bien sûr m'asseoir à côté de lui. Nous sommes restés ainsi un moment et il s'est établi entre nous une certaine gêne. Il y avait de la place partout ailleurs alors c'était une situation humainement difficile. Je sentais qu'en-core une seconde et on allait changer de place tous les deux mais je m'accrochais, parce que c'était ça dans toute son horreur. Je dis « ça » pour me faire comprendre. Alors il fit quelque chose de très beau et de très simple, pour me mettre à l'aise. Il sortit

16

son portefeuille et il prit à l'intérieur des photographies. Et il me les fit voir une à une, comme on montre des familles d'êtres qui vous sont chers pour faire connaissance.

— Ça, c'est une vache que j'ai achetée la semaine dernière. Une Jersey. Et ça, c'est une truie, trois cents kilos. Hein?

— Ils sont beaux, dis-je, ému, en pensant à tous les êtres qui se cherchent sans se trouver. Vous faites de l'élevage?

— Non, c'est comme ça, dit-il. J'aime la nature.

Heureusement que j'étais arrivé parce qu'on s'était tout dit et qu'on avait atteint un point dans les confidences où il allait être très difficile d'aller plus loin et au-delà à cause des embouteillages intérieurs.

Je précise immédiatement par souci de clarté que je ne fais pas de digressions, alors que je m'étais rendu au *Ramsès* pour consulter l'abbé Joseph, mais que je suis, dans ce présent traité, la démarche naturelle des pythons, pour mieux coller à mon sujet. Cette démarche ne s'effectue pas en ligne droite mais par contorsions, sinuosités, spirales, enroulements et déroulements successifs, formant parfois des anneaux et de véritables nœuds et qu'il est important donc de procéder ici de la même façon, avec sympathie et compréhension. Il faut qu'il se sente chez lui, dans ces pages.

Je note également que Gros-Câlin a commencé à faire sa première mue chez moi à peu près au moment où je me suis mis à prendre ces notes. Bien sûr, il n'est arrivé à rien, il est redevenu lui-même, mais il a essayé courageusement, et il a fait peau neuve. La métamorphose est la plus belle chose qui me soit jamais arrivée. Je me tenais assis à côté de lui, en fumant une courte pipe, pendant qu'il muait. Au-dessus, sur le mur, il y a les photos de Jean Moulin et de Pierre Brossolette, que j'ai déjà mentionnés ici en passant, comme ça, sans aucun engagement de votre part.

Mais ainsi que le dit le docteur Tröhne dans son manuel sur les pythons « il ne suffit pas d'aimer un python, il faut encore le nourrir ».

J'allai donc consulter l'abbé Joseph, à cause de ce problème de chair vivante. Nous eûmes une longue explication au *Ramsès*, autour d'une bouteille de bière. Je bois du vin, de la bière, je mange surtout des légumes, des pâtes, très peu de viande.

— Je refuse de nourrir mon python de souris vivantes, voilà, lui dis-je. C'est inhumain. Et il refuse de bouffer autre chose. Avez-vous déjà vu une pauvre petite souris face à un python qui va l'avaler? C'est atroce. La nature est mal faite, mon père.

— Mêlez-vous de ce qui vous regarde, dit l'abbé Joseph, sévèrement.

Car il va sans dire qu'il ne tolère aucune critique à l'égard de son python à lui.

— La vérité est, monsieur Cousin, que vous devriez vous intéresser davantage à vos semblables. On n'a pas idée de s'attacher à un reptile...

Je n'allais pas me lancer dans une discussion zoologique avec lui sur les uns et les autres, pour savoir qui est quoi, je ne cherchais pas à l'étonner.

19

Il s'agissait simplement pour moi de trancher cette question de nourritures terrestres.

— Cette bête s'est prise d'une véritable amitié pour moi, lui dis-je. Je vis assez seul, bien que décemment. Vous ne pouvez pas savoir ce que c'est, rentrer chez soi le soir et trouver quelqu'un qui vous attend. Je passe ma journée à compter par milliards — je suis statisticien, comme vous savez — et lorsque j'ai fini ma journée, je me sens naturellement très diminué. Je rentre chez moi et je trouve sur mon lit, roulée en boule, une créature qui dépend de moi entièrement et pour qui je représente tout, qui ne peut pas se passer de moi...

Le curé me regardait de travers. C'est le genre de curé qui fait un peu militaire, parce qu'il fume la pipe.

— Si vous aviez adopté Dieu au lieu de vous rouler dans votre lit avec un reptile, vous seriez beaucoup mieux pourvu. D'abord, Dieu ne bouffe pas de souris, de rats et de cochons d'Inde. C'est beaucoup plus propre, croyez-moi.

— Écoutez, mon père, ne me parlez pas Dieu. Je veux quelqu'un à moi, pas quelqu'un qui est à tout le monde.

— Mais justement...

Je ne l'écoutais pas. Je me tenais là discrètement, avec mon petit chapeau, mon nœud papillon jaune à pois bleus, mon cache-nez et mon pardessus, très correctement habillé, veston, pantalon et tout, à cause des apparences et de la clandestinité. Dans un grand agglomérat comme Paris, avec dix millions au bas mot, il est très important de faire comme il faut et de présenter des apparences démographiques habituelles, pour ne pas causer d'attroupement. Mais avec Gros-Câlin ainsi nommé, je me

20

sens différent, je me sens accepté, entouré de présence. Je ne sais pas comment font les autres, il faut avoir tué père et mère. Lorsqu'un python s'enroule autour de vous et vous serre bien fort, la taille, les épaules, et appuie sa tête contre votre cou, vous n'avez qu'à fermer les yeux pour vous sentir tendrement aimé. C'est la fin de l'impossible, à quoi j'aspire de tout mon être. Moi, il faut dire, j'ai toujours manqué de bras. Deux bras, les miens, c'est du vide. Il m'en faudrait deux autres autour. C'est ce qu'on appelle chez les vitamines l'état de manque.

Je n'écoutais pas ce que le père Joseph disait, je le laissais faire, il poussait à la consommation. Il paraît que Dieu ne risque pas de nous manquer, parce qu'il y en a encore plus que de pétrole chez les Arabes, on pouvait y aller à pleines mains, il n'y avait qu'à se servir. Moi, j'étais ailleurs, avec mon sourire, qui était content de me revoir. Je me souvenais que l'autre jour, Mlle Dreyfus m'avait dit, un matin, alors que je traversais la comptabilité :

— Je vous ai croisé dimanche sur les Champs-Élysées.

J'étais stupéfait de la franchise, pour ne pas dire la hardiesse, avec laquelle cette jeune femme me manifestait son attention. C'est d'autant plus courageux de sa part que, ainsi que je l'ai déjà dit avec estime et d'égal à égal, c'est une Noire, et pour une Noire, franchir ainsi les distances dans le grand Paris, c'est émouvant. Elle est très belle, avec des bottes en cuir à mi-cuisses, mais je ne sais pas si elle accepterait de partager la vie d'un python, car il ne saurait être question pour moi de mettre Gros-Câlin à la porte. Je me propose de procéder lentement, étape par étape. Je veux que Mlle Drey-

21

fus s'habitue à me voir tel que je suis, qu'elle s'habitue à ma nature, à mon mode de vie. Je n'ai donc pas répondu à ses avances, il me fallait d'abord être tout à fait certain qu'elle me connaissait vraiment, qu'elle savait à qui elle avait affaire.

En dehors de Mlle Dreyfus, j'avais mis Blondine dans une boîte avec des trous pour qu'elle puisse respirer et je l'ai placée tout en haut de l'armoire à linge, hors de portée. Cette question de victuailles tient une place importante dans la vie et des précautions sont indispensables pour éviter un drame de la nature. Chez les pythons, les affinités intuitives sont particulièrement développées, en raison de la sensibilité cachée sous les écailles et il m'est parfois arrivé de trouver, en rentrant dans mon habitat, Gros-Câlin dressé sur la moquette en spirale ascendante vers le tiroir supérieur qu'il ne peut atteindre faute du nécessaire et il doit se contenter d'aspiration comme tout le monde. Il est très beau, et se tient la tête haute devant l'armoire à linge, d'un gris verdâtre qui tourne au beige brunâtre sous le ventre et par endroits, avec un côté sac pour dames faubourg Saint-Honoré, légèrement luisant, et il suit son aspiration d'un regard attentif, un peu glauque, avec profondeur intérieure. Le regard attentif, fixe, dressé sur ses spirales comme un ressort vivant, oscillant légèrement sur sa base dans un but de fascination, tournant la tête d'un mouvement soudain, tantôt à

23

gauche, tantôt à droite, dans l'espoir. C'est l'attitude de l'explorateur anglais scrutant l'horizon et les chutes de Victoria Nyanza, la main en visière et un mouchoir sur la nuque sous le casque colonial, en vue de conquête et de civilisation, que j'ai beaucoup lu quand j'étais petit.

J'ai fait voir au vétérinaire du Muséum une tache noire gris-noir, une erreur de la nature, dont Gros-Câlin a bénéficié sous le ventre, côté gauche, et le vétérinaire m'a dit avec humour que cela lui aurait donné une grande valeur s'il était un timbre-poste. Il paraît que c'est très rare, et la rareté confère. Les fautes d'impression donnent une grande valeur, en raison du calcul des probabilités, qui rend son intrusion très problématique et à peu près impossible, tout ayant été conçu afin d'éviter, justement, l'intrusion de l'erreur humaine. C'est dans ce sens que j'utilise prudemment et pour éviter d'éveiller cruellement les espoirs déçus et douloureux par nature, les expressions comme « erreur humaine » et « fin de l'impossible ». Il ne convient pas de m'accuser aussitôt d'élitisme, car je sollicite l'apparition de l'erreur humaine à son échelon le plus humblement démographique, — je le suis comme je le pense — dans un simple but de naissance, de métamorphose.

Il ne convient d'ailleurs pas de se faire des illusions en raison d'une simple apparition d'une tache gris-noir sous le ventre, côté gauche. L'attente d'une faute d'impression qui conférerait une rareté inouïe et une valeur soudain nouvelle à une émission de sperme, est une simple rêverie de philatéliste, comme les extra-terrestres et les soucoupes volantes. Il y a plutôt dépréciation vertigineuse par suite d'inflation et de droit sacré à la vie par voie urinaire.

24

J'ai également trouvé une fois ou deux Gros-Câlin dressé ainsi en spirales sous le mur vers les portraits de Jean Moulin et de Pierre Brossolette, dans un but aspiratoire ou désespéré, ou simplement par habitude de regarder vers le haut.

Je dois cependant avouer que malgré ma prudence cette affaire de tache éveilla en moi des émotions prémonitoires. Une hirondelle ne fait pas le printemps, mais justement, il y eut aussitôt apparition d'une autre. Un de mes collègues de bureau, Braverman, un collègue très correctement habillé, vint me voir avec un journal à la main. Je ne lis pas l'anglais, étant francophone de culture et d'origine, et fier de l'être, compte tenu de l'apport de la France au passé, dont elle continue à s'acquitter. Il montra cependant l'endroit sur la page et me traduisit une dépêche selon laquelle une grande *tache* — c'est moi qui souligne — une grande *tache* vivante organique et en voie de *développement* — je répète que c'est moi qui souligne en vue d'éviter l'illusion d'une manifestation transcendantale et extra-terrestre, avec apparition d'espoir — une *tache,* donc, organique, en voie de *développement* — qui ne cessait de *grandir* et de *s'étendre,* était apparue au sol, donc, sur terre — c'est important pour les raisons qu'on imagine — dans le jardin d'une ménagère au Texas. Elle était d'aspect marron — celle de Gros-Câlin était d'un gris-noir, mais il fallait attendre et voir, car la nature fait son chemin lentement, selon les lois qui lui sont propres —, était composée à l'intérieur d'une substance rougeâtre et grossissait à vue d'œil. Elle demeurait rebelle à toutes les tentatives de suppression et de retour à l'ordre des choses. Le journal — je le dis afin de ne pas être accusé de faux prophète — était le *Herald Tribune* que l'on trouve à Paris pour raisons internationales, en date du 31 mai 1973, l'agence de presse était l'*Associated Press,* et le nom de la ménagère était madame Marie Harris. Je n'ai pas noté le nom de la petite localité du Texas où eut lieu l'apparition, afin de ne pas avoir l'air de vouloir limiter les choses. J'ajoute également aussi sec et sur le même ton que je ne suis pas idiot, je sais parfaitement que Jésus-Christ n'est pas apparu d'abord comme une tache ni au jardin ni au-dessous du ventre à gauche et je sais que la confusion avec manifestation d'espoir est caractéristique des états latents et prénataux. Je suis mué ici uniquement par un souci scientifique de rendre compte de la vie d'un python à Paris dans son cadre démographique et avec ses besoins. C'est un problème qui dépasse celui de l'immigration sauvage.

Le journal disait en anglais que la tache mystérieuse, spongieuse, poreuse, résistait à tous les efforts de madame Marie Harris pour s'effacer et être tranquille et que personne ne savait quelle était l'origine de ce nouvel organisme vivant.

Je suppose que Braverman, qui ne peut pas me souffrir, bien qu'il le cache sous une attitude d'habileté parfaitement indifférente, me traduisit cet article dans un but péjoratif et parfaitement insultant à mon égard, pour m'informer de la venue au monde d'un autre organisme spongieux, poreux et rougeâtre à l'intérieur, dont la présence et le besoin échappaient à l'entendement. S'il voulait m'humilier, il s'est trompé complètement dans son ironisme. Cet organisme inconnu, soudain et sans précédent, était sans aucun doute une erreur qui se glissait dans le système en vigueur, une tentative d'acte contre nature, et dès que cela m'apparut sous ce jour je fus pris d'espoir et d'encouragement à

26

aspirer. Il ne s'agissait pas de toute évidence d'une simple verrue, ainsi que Braverman le suggéra avec mépris, bien qu'il ne faille pas cracher sur les verrues non plus.

On ne pouvait pas dire ce que c'était : les savants du Texas étaient formels dans leur *ignorance*. Or, s'il est une chose, justement, qui ouvre des horizons, c'est l'*ignorance*. Lorsque je regarde Gros-Câlin, je le vois lourd de possibilités à cause de mon ignorance, de l'incompréhension qui me saisit à l'idée qu'une telle chose est possible. C'est ça, justement, l'espoir, c'est l'angoisse incompréhensible, avec pressentiments, possibilités d'autre chose, de quelqu'un d'autre, avec sueurs froides.

On ne peut évidemment pas crever de peur sans avoir des raisons d'espérer. Ça ne va pas sans l'autre.

J'attendis que Braverman soit parti pour courir aux toilettes afin de m'examiner des pieds à la tête. La plupart des gens à la suite de cette tache avaient peur, parce que tout le monde a peur du changement, pour cause d'habitude et d'inconnu. On aura cependant compris que je ne pouvais pas avoir plus peur qu'auparavant, ce n'était pas possible. Je ne reviendrai pas là-dessus, mais élever chez soi dans Paris un python de deux mètres vingt, tout en offrant refuge dans la clandestinité à Jean Moulin et Pierre Brossolette, est une chose difficile, comme tout le monde.

Le journal annonça du reste le lendemain que le phénomène du Texas n'était pas nouveau et qu'il s'agissait d'un début en vue d'un champignon.

Je note cet épisode pour bien marquer que je suis porté à l'optimisme et que je ne me considère pas comme définitif mais en position d'attente et d'apparition éventuelle.

Pour éviter toute confusion et reprendre notre cours régulier après ce nœud, j'ajoute que les chutes de Victoria Nyanza se trouvent aujourd'hui en Tanzanie.

Continuant à décrire mes habitudes et mon mode de vie chez moi, après ce problème de nourriture qui a été résolu avec le secours de la religion, comme on verra dans un instant, je remarque que je me rends parfois chez les bonnes putes, et j'emploie ce mot dans son sens le plus noble, avec toute mon estime et ma gratitude, lorsqu'on prend soin de moi. Je me sens soudain au complet quand j'ai deux bras de plus. Il y en a une, Marlyse, qui me regarde dans les yeux, lorsqu'elle s'enroule autour de moi, et qui me dit :

— Mon pauvre chéri.

J'aime. J'aime qu'on me dise mon pauvre souris... chéri, je veux dire. Je sens que je fais acte de présence.

Elle ajoute souvent :

— Enfin, tu as un regard. Au moins, avec toi, on se fait regarder. C'est pas seulement l'endroit. Allez, viens que je te lave le cul.

Il se pose ici un problème extrêmement délicat et gênant, que je suis bien obligé de soulever dans le cadre de cette étude. On me dit que ce n'était pas comme ça autrefois. La patronne du tabac rue Vialle, à qui je m'en suis ouvert, offrit une explication :

— C'est à cause des roses. Leurs feuilles sont roses comme les pétales du même nom, d'où image poétique, feuille de rose. C'était moins demandé de mon temps, mais le niveau de vie a augmenté, à cause de l'expansion et du crédit. Les richesses sont mieux réparties et plus accessibles. Oui, c'est le niveau de vie qui fait ça. Tout augmente et l'hygiène aussi. Les gâteries réservées aux privilégiés sont mieux réparties, on accède plus facilement. Et puis, il y a la prise de conscience, la banalisation, la rapidité, aussi, pour aller droit au but sans complications. De mon temps, par exemple, une jeune femme vous demandait avec tact pour suggérer : « Je te lave, mon chéri, ou tu le fais toi-même ? » et ça se passait debout, au-dessus du lavabo, elle vous savonnait la verge et vous l'amusait en même temps, pour l'accélérer. C'était très rare qu'elle vous lave le cul d'autorité, c'était pour les privilégiés. Maintenant, c'est l'hygiène avant tout, parce que ça fait assistante sociale et prise de conscience. Elle vous fait asseoir sur le bidet et vous lave le cul d'office, parce que le niveau de vie est monté et c'est accessible à tous. Vous pouvez vous informer : c'est venu seulement il y a quinze, vingt ans, avec l'accessibilité générale de tous aux fruits du travail et de l'expansion. Avant, jamais une pute ne vous savonnait l'anus. C'était exceptionnel, pour les connaisseurs. Maintenant, tout le monde est connaisseur, on sait tout, à cause de la publicité, on sait ce qui est bon. La publicité met la marchandise en valeur. Le luxe, la feuille de rose, c'est devenu de première nécessité. Les filles savent que le client exige la feuille de rose, qu'il est au courant de la marchandise, de ses droits.

C'est possible, mais je n'y arrive pas à m'habituer à cause de mes problèmes de personnalité. Je ne demande pas à être traité comme un être différent, au contraire, mais j'éprouve de la dépréciation, de la déperdition, je me sens terriblement banalisé lorsque Claire, Iphigénie ou Loretta me fait asseoir sur le bidet et commence à me savonner le cul, alors que je viens là pour avoir de la compagnie féminine. Je suis donc de plus en plus tenté de me débarrasser de mon python qui écarte de moi les valeurs féminines authentiques et permanentes, en vue de vie à deux. Mais cette décision à prendre devient chaque jour plus difficile, car plus je suis anxieux et malheureux, et plus je sens qu'il a besoin de moi. Il le comprend et s'enroule autour de moi de toute sa longueur et de son mieux, mais parfois il me semble qu'il n'y en a pas assez et je voudrais encore des mètres et des mètres. C'est la tendresse qui fait ça, elle creuse, elle se fait de la place à l'intérieur mais elle n'est pas là, alors ça pose des problèmes d'interrogation et de pourquoi.

Ce qui fait que ça s'enroule et ça s'enroule et il y a des jours que Gros-Câlin fait tant de nœuds qu'il n'arrive plus à se libérer de lui-même et ça donne des idées de suicide, à cause de l'œuf de Colomb et du nœud gordien. Pour illustrer l'exemple, même une bonne paire de chaussures sous tous rapports a ce problème, lorsqu'on tire sur un bout du lacet et ça fait seulement un nœud de plus. La vie est pleine d'exemples, on est servi. Par exemple, justement, une délicatesse élémentaire m'empêche de m'approcher de Mlle Dreyfus en roulant un peu les épaules et enfonçant ma chemise sous la ceinture du pantalon avec naturel et lui proposer de sortir, comme ça, droit dans les yeux, un vrai mec qui prend des risques et tire sur le bout du lacet

31

sans savoir ce que ça donnera et si ça fera peut-être seulement un nœud de plus. Je pose donc qu'une délicatesse élémentaire m'empêche de faire des avances directes sans détour à Mlle Dreyfus, car elle serait blessée dans son sentiment d'égalité, elle croirait que je suis raciste et que je me permets de lui proposer un bout de chemin parce qu'elle est une Noire et que donc « on peut y aller, on est entre égaux » et que j'exploite ainsi notre infériorité et nos origines communes.

On me dira qu'en tirant parfois sur le bout du lacet tous les nœuds se défont comme ça d'un seul coup crrac! comme en mai 68, mais en mai 68 j'ai eu tellement peur que je ne suis même pas sorti de chez moi pour aller au bureau, j'avais peur d'être sectionné, coupé en deux ou trois ou quatre comme au music-hall dans le numéro d'illusionnisme où ça fait une forte impression mais où le lacet est enfin montré exactement comme il était auparavant.

Je ferai également remarquer pour la dernière fois sans me fâcher sérieusement, au cas où ce serait là un test psychologique en vue de mon plein emploi et de promotion sociale, que je ne dévie nullement de ma direction de marche, dans le présent ouvrage sur les pythons, car j'avais commencé à parler avec le père Joseph du problème de nourritures terrestres pour Gros-Câlin, ce que je continue à faire.

Il n'y a en effet rien de plus apaisant et délicieux qu'un besoin naturel satisfait. L'autre jour, j'en ai fait l'expérience. Je me suis pris moi-même dans mes bras et j'ai serré. J'ai refermé mes bras autour de moi-même et j'ai serré très fort, pour voir l'effet affectueux que ça fait. Je me suis serré dans mes bras avec toute la force dont je suis capable, en fermant les yeux. C'est très encourageant, un avant goût, mais ça ne vaut pas Gros-Câlin. Lorsqu'on a besoin d'étreinte pour être comblé dans ses lacunes, autour des épaules surtout, et dans le creux des reins, et que vous prenez trop conscience des deux bras qui vous manquent, un python de deux mètres vingt fait merveille. Gros-Câlin est capable de m'étreindre ainsi pendant des heures et des heures, et parfois il lève seulement la tête du creux de mon épaule, l'écarte un peu, se tourne vers mon visage et me regarde dans les yeux fixement, en ouvrant largement sa gueule. C'est sa nature qui fait ça. Cette question de nourritures terrestres devrait figurer au premier plan de nos satisfactions. C'est précisément dans le but de ces quelques conseils utiles que je rédige le présent traité zoologique.

Une fois, alors que Gros-Câlin avait encore plus que d'habitude besoin de donner sa tendresse et son amitié à quelqu'un, je m'étais mis ainsi debout sur la moquette, les bras étroitement enlacés autour de moi-même, comme pour aider mes deux mains à se joindre et à se serrer, lorsque j'entendis un bruit derrière moi. C'était madame Niatte avec sa clé, son seau d'eau et son balai. Madame Niatte, ou Gnatte, comme ça se prononce, est ma concierge, qui fait aussi le ménage. Elle me regardait avec une stupéfaction non dissimulée. Je me dénouai aussitôt par considération pour son incompréhension et ses habitudes.

— Eh ben, ça alors...

C'est une Française.

— Eh ben, vraiment...

— Quoi? Qu'est-ce qu'il y a?

— Ça fait combien de temps que vous êtes comme ça, debout en pyjama, à vous tenir dans vos bras au milieu de la pièce?

Je haussai les épaules. Je ne pouvais pas lui expliquer que je faisais des exercices affectueux pour me préparer à une longue journée dans l'environnement. Il y a des personnes qui en sont si loin qu'elles ne le sentent même pas.

— Et alors? C'est du yoga.

— Yo...?

— ... Ga. Je m'étreins.

— Vous vous...?

— Je m'étreins, c'est dans le dictionnaire. Ça existe, je ne l'ai pas inventé. C'est la communion avec quelqu'un, quelque chose. Ce sont ce qu'on appelle, en langage courant, des exercices affectueux. On s'étreint.

— On...

— C'est la dernière position qu'on a recours à, dans le yoga, quand on s'est déjà mis dans toutes les positions et qu'il reste plus rien. Vous trouvez tout ça sur les affiches de comment vivre dans le grand Paris — les secouristes, et tout ça. Le bouche-à-bouche.

— C'est bon pour quoi?

— C'est bon pour la qualité de la vie.

— Ah bon.

— Oui, la vie, ça demande de l'encouragement.

Je suis obligé de la ménager, de ne pas la perturber à cause de Gros-Câlin. Il est très difficile de trouver une personne qui accepte de faire un appartement où il y a un python en liberté. Les pythons sont très mal vus des autres. Les gens n'aiment pas se sentir méprisés ou accusés, alors qu'ils ne sont pas de leur faute.

Avant madame Niatte, j'avais une femme de ménage portugaise, à cause de l'augmentation du niveau de vie en Espagne. La première fois qu'elle devait venir, je suis resté à la maison pour ne pas lui faire peur et l'habituer à Gros-Câlin. Mais quand elle est montée, je ne trouvais Gros-Câlin

nulle part. Il aime se couler dans toutes sortes
d'endroits inattendus. Je fouillai partout : rien, pas
trace. Je commençais déjà à m'affoler, avec angoisse et confusion, c'était la panique, j'étais sûr
qu'il m'était arrivé quelque chose. Mais je fus vite
rassuré. A côté de ma table de travail, il y a un
grand panier pour mes lettres d'amour. Je les jette
toujours là, après les avoir écrites. J'étais occupé à
chercher sous le lit, lorsque j'entendis la Portugaise
pousser un hurlement affreux. Je me précipite :
mon python s'était dressé dans la corbeille à papier
et oscillait aimablement en regardant la brave
femme.

Vous n'avez pas idée de l'effet que ça a fait. Elle
s'est mise à trembler et puis elle est tombée raide
par terre et quand j'ai mis un peu d'Évian dessus,
elle a commencé à se tordre et à ululer, les yeux
révulsés, je crus qu'elle allait mourir sans arranger
les choses. Quand elle a repris son état, elle a couru
tout droit à la police et leur a dit que j'étais un
sadique et un exhibitionniste. Je dus passer deux
heures au poste. La Portugaise ne parlait presque
pas le français, à cause de l'immigration sauvage,
elle criait « monsieur sadista, monsieur exhibitionnista », et lorsque je dis aux policiers que tout ce
que je lui avais montré c'était mon python et que je
l'avais même fait venir exprès pour ça, pour qu'elle
puisse s'habituer, ils se sont tordus de rire, je
n'arrivais pas à placer un mot, c'étaient des hi! hi!
hi! et des ho! ho! ho!, à cause de l'esprit gaulois.
Le commissaire est sorti, en les entendant rire,
croyant que c'étaient des brutalités policières dans
les journaux. La main-d'œuvre étrangère continuait
à gueuler, « sadista, exhibitionnista » et j'ai tout de
suite dit au commissaire que j'avais fait venir la
personne pour l'habituer à la vue de mon python,

mais que celui-ci s'était dressé avec inattendu, sans préméditation de ma part, et qu'il avait plus de deux mètres de long, d'où la surprise. Et voilà que le commissaire aussi commence à pouffer, en essayant de se retenir « pff, pff, » pendant que les flics donnaient tout à fait libre cours à leur joie.

J'étais furieux.

— Bon, si vous ne me croyez pas, je vais vous montrer ça ici-même, dis-je, et là-dessus, le commissaire cesse de rire et m'informe qu'un geste comme ça peut me mener très loin. C'était un outrage aux mœurs dans l'exercice de leur fonction. Les mœurs aussi ont cessé de rire et me regardaient, il y avait même un Noir parmi eux qui ne riait pas. Ça me fait toujours un peu bizarre de voir un Noir en uniforme francophone, à cause de Mlle Dreyfus, de mes rêves, du doux parler des îles et de la joie de vivre. Mais je n'ai pas molli, je pris dans mon portefeuille ce que mes collègues appellent mes « photos de famille ». J'ai choisi au hasard un instantané de Gros-Câlin couché sur mes épaules, la tête appuyée contre ma joue, c'est la photo que je préfère, parce qu'il y a là comme une fin de l'impossible, avec fraternité entre les règnes.

J'ai d'autres photos de Gros-Câlin, au-dessus de mon lit, à côté de mes pantoufles, sur le fauteuil et je les montre volontiers, pas pour me faire remarquer, mais pour intéresser, tout simplement.

— Voilà, leur dis-je. Il y a là, comme vous voyez, un malentendu. Je ne parle pas de moi, je parle du python ici présent. Cette dame a beau être une étrangère, elle doit tout de même savoir distinguer un python d'un homme et de tout ce qui suit. Surtout que Gros-Câlin a deux mètres vingt de longueur.

— Gros-Câlin? répéta le commissaire.

— C'est le nom de mon python, lui dis-je.

Les flics ont recommencé à se bidonner et je me fâchai sérieusement, ce qui se traduit chez moi par des sueurs d'angoisse.

J'ai une peur bleue de la police, à cause de Jean Moulin et de Pierre Brossolette. Je me demande même par moments si je n'ai pas adopté un python pour que ça se remarque moins. Pour détourner l'attention. Il est bien connu qu'il n'y a qu'un pas de l'aspiration à l'expiration. Si on venait chez moi, parce que quelque chose dans mon comportement aurait paru bizarre, on verrait immédiatement un python, qui se remarque fortement dans un deux-pièces, et on ne chercherait pas plus loin, surtout que de nos jours, Jean Moulin et Pierre Brossolette, ça ne viendrait à l'esprit de personne. Je suis obligé d'en parler, à cause de la clandestinité, qui est un état naturel dans un agglomérat de dix millions de choses.

Je suis également d'accord respectueusement avec l'Ordre des Médecins, il y a bien une vie avant la naissance, et c'est dans ce but que je leur dédie mes efforts dans ce but.

Le commissaire a montré les photos à l'immigration sauvage et celle-ci a été obligée de reconnaître que c'était bien ce Gros-Câlin-là qu'elle avait vu et pas l'autre.

— Vous savez qu'il faut une autorisation pour garder chez vous un python? me demanda le commissaire paternellement.

Là, j'ai failli me marrer. Vous pensez bien que je suis en règle. Et pas même de faux papiers, comme sous les Allemands. De vrais, comme sous les Français. Il fut satisfait. Il n'y a rien qui fait plus plaisir à un policier que les papiers en règle. Ça prouve que ça marche, quoi.

— Je voudrais vous demander à titre personnel pourquoi vous avez adopté un python et pas un animal plus comment dirais-je?

— Plus comment dirais-je?

— Oui. Plus proche de nous, quoi. Un chien, un joli oiseau, un canari?

— Un canari? Plus proche de nous?

— Ce qu'on appelle justement les animaux familiers. Un python, ce n'est tout de même pas quelque chose qui se prête à l'affection des siens.

— Monsieur le commissaire, dans ces affaires-là, on ne choisit pas, vous savez. C'est des sélectivités affectives. Je veux dire, des affinités électives. Je suppose que c'est ce qu'on appelle en physique les atomes crochus.

— Vous voulez dire...

— Oui. On rencontre, on rencontre pas. Je ne suis pas de ceux qui mettent dans le journal une annonce de vingt lignes qui désire rencontrer une jeune femme de bonne famille, 1 m 67, châtain clair, yeux bleus, petit nez retroussé et qui aime la neuvième symphonie de Bach.

— La neuvième symphonie est de Beethoven, dit le commissaire.

— Oui, je sais, mais il est temps que ça change... On se rencontre, on ne se rencontre pas. C'est comme ça que c'est foutu. En général, l'homme et la femme qui sont prédestinés ne se rencontrent pas, c'est ce qu'on appelle destin, justement.

— Pardon?

— C'est dans le dictionnaire. *Fatum, factotum*. On ne peut pas y échapper. Je suis extrêmement renseigné là-dessus. La tragédie grecque. Je me demande même parfois si je n'ai pas des origines grecques. C'est toujours quelqu'un d'autre qui rencontre quelqu'un d'autre, ça fait partie du baccalauréat qui va justement être supprimé à cause de ça.

Le commissaire paraissait perdre pied.

— Vous avez une façon de circuler très curieuse, dit-il. Pardon, une façon de penser circulaire, je veux dire.

— Oui, ça fait des ronds, des anneaux, je sais, dis-je. La première règle d'une démarche intellectuelle saine, c'est de coller à son sujet. On dit « la tragédie grecque », mais on ne dit pas « le bonheur grec ».

— Je ne vois pas ce que la politique vient faire là-dedans, dit le commissaire.

— Absolument rien. C'est ce que j'ai essayé d'expliquer à notre garçon de bureau.

— Ah?

— Oui. Il a voulu à tout prix m'emmener à une « manif ». Je vous mets ce mot entre guillemets, parce que je ne fais que citer. Je n'y suis pas, je ne m'en mêle pas. C'est des histoires de mue, tout ça, pour faire peau neuve, mais toujours la même, pseudo-pseudo. Le destin, vous comprenez. C'est ça, la Grèce.

Le commissaire n'y était pas du tout, par habitude.

— Vous êtes sûr que vous ne vous emmêlez pas? demanda-t-il.

— Non. Je connais mon sujet, vous pouvez y aller. Les pythons sont à titre définitif. Ils muent, mais ils recommencent toujours. Ils ont été programmés comme ça. Ils font peau neuve, mais ils reviennent au même, un peu plus frais, c'est tout. Il faudrait les perforer autrement, les programmer sans aucun rapport, mais le mieux, c'est que ce soit quelqu'un d'autre qui programme quelqu'un d'autre, avec effet de surprise, pour que ça réussisse. Il y a eu à cet égard un début de tache au Texas, dont vous avez peut-être entendu parler dans les journaux. On n'avait encore jamais vu ça, ça m'a donné de l'émotion à cause de l'espoir, mais ça s'est éteint. Si quelqu'un d'autre essayait vraiment quelqu'un d'autre, quelque part ailleurs, à cause de l'environnement, — ils appellent ça « cadre de vie », pour que ça se remarque moins — je pense qu'il y aurait peut-être un changement intéressant. Il faut être intéressé. Les pythons ont été programmés avec un désintéressement absolu, comme ça, boum. Je n'y suis donc pas allé, et je ne vous dis pas ça pour me défendre, parce que vous êtes un représentant de l'ordre. Ils devaient être cent mille à manifester de la Bastille au Mur des Fédérés, à cause des traditions, des habitudes, pour ne pas déranger les plis pris, ça aurait fait une longueur de trois kilomètres de la tête à la queue, alors que moi, je m'occupe de deux mètres vingt, la dimension Gros-Câlin, j'appelle ça. Bon, deux mètres vingt-deux, quand il veut bien. Il arrive à gagner deux centimètres quand il fait un effort.

— Il s'appelle comment, votre garçon de bureau ?

— Je ne sais. On s'est pas assez familiarisés. Remarquez, trois kilomètres ou deux mètres vingt, ce n'est pas important, ce n'est pas une question de dimension dans le malheur. J'ai dit au garçon de bureau que la taille n'y fait rien, que c'est toujours un python. C'est la nature.

— Vous avez des idées saines, dit le malheur. Le commissaire, pardon. Si tous les gens pensaient comme vous, on pourrait s'arranger. Les jeunes aujourd'hui manquent de profondeur.

— C'est à cause des rues.

— Des... ?

— Des rues. C'est toujours en surface, la rue, c'est superficiel, dehors, à l'extérieur. Ils font dans les rues. Il faut creuser en profondeur, de l'intérieur, dans le noir, en secret, comme Jean Moulin et Pierre Brossolette.

— Qui?

— Il était furieux, le garçon de bureau. Il m'a dit que j'étais une victime.

— Il s'appelle comment, ce garçon de bureau?

— Il m'a dit que mon python, c'était les consolations de l'église et que je devais ramper hors de mon trou et de me dérouler librement au soleil sur toute ma longueur. Enfin, il n'a pas dit ça comme ça, la taille ne l'intéresse pas.

— C'est un Français, au moins?

— Il a même essayé de me flatter en disant que j'étais un acte contre nature, mais j'ai très bien compris qu'il essayait seulement de me faire plaisir.

— Vous devriez venir me voir de temps en temps, monsieur Cousin, on apprend des choses avec vous. Mais essayez de prendre les noms et les adresses. Il est toujours utile de se faire des amis.

— Je lui ai fait remarquer que les erreurs de la nature ne se corrigent pas les armes à la main.

— Attendez, attendez. Il vous a parlé les armes à la main?

— Non, pas du tout. Les mains nues. Les mains nues, c'est sa spécialité. Il distribue ça à tout le monde. Ça m'est venu comme ça, tout seul, à cause du vol de l'imagination. Les armes à la main, vous pensez bien, lorsqu'il s'agit des pythons, c'est des effets vibratoires. Oratoires. Les armes à la main, c'est une expression du langage, une vieille locution francophone avec habitude.

— Et qu'est-ce qu'il a dit, quand vous l'avez menacé?

— Il s'est foutu en rogne. Il m'a dit que j'étais un fœtus qui refusait de naître à l'air libre et c'est là qu'il m'a parlé de l'avortoir, à propos de la prise de position du professeur Lortat-Jacob, vous savez, de l'Ordre des Médecins.

— Qui?

— C'est un grand Français, il ne souffre plus. Il n'a absolument rien à voir. Je lui ai dit : « Bon, bien, mais qu'est-ce que vous faites pour me faire naître? »

— Au professeur Lortat-Jacob? Mais ce n'est pas un médecin accoucheur! C'est un célèbre chirurgien! Un des plus grands!

— Justement, il y a une question de chirurgie qui se pose. Comme il l'a dit, le garçon de bureau dans le couloir du neuvième étage, dans « acte de naissance », il y a acte. Une intervention chirurgicale. Une césarienne si vous voulez. C'est pour en sortir. Il n'y a pas de sortie, alors il faut pratiquer l'ouverture. Vous comprenez?

— Évidemment que je comprends, monsieur Cousin, si je ne comprenais pas on ne m'aurait pas nommé commissaire dans le cinquième. C'est les étudiants, les universités, ici. Il faut les comprendre, si on veut réussir.

— Alors, là, il s'est vraiment mis en rogne. Quand j'ai refusé de me dérouler sur trois kilomètres de longueur de la Bastille au Mur des Fédérés, avec folklore. C'est là qu'il m'a retraité d'acte contre nature... Il m'a lancé que j'avais peur de naître, que je faisais seulement semblant et il m'a même traité de pauvre con, ce qui fait toujours plaisir quand on en manque. Et il est parti. Quand il est sorti, je lui ai dit que j'étais certainement un acte contre nature comme tout ce qui est en souffrance et que j'étais fier de l'être et que quand on respire c'est pour aspirer et qu'aspirer c'est un acte contre nature comme les premiers chrétiens et que la nature j'en avais plein le cul, révérence parler, et que j'avais besoin de tendresse et d'affection et d'amitié et merde.

— Vous avez très bien fait et je vous en félicite. La police est là pour ça, justement.

— Je n'ai pas dit que vous êtes contre nature, monsieur le commissaire, soit dit sans vous vexer. Je fais des nœuds tout le temps, à cause de ma démarche intellectuelle, je colle simplement à mon sujet, alors vous avez cru que je vous faisais une fleur. La police, au contraire, est une chose tout à fait naturelle et bien de chez nous.

— Je suis heureux de vous l'entendre dire, monsieur Cousin.

— Voilà. Vous m'avez demandé pourquoi j'ai adopté un python et je vous le dis. J'ai pris cette décision amicale à mon égard au cours d'un voyage organisé en Afrique, avec ma future fiancée M\ⁱˡᵉ Dreyfus, qui a les mêmes origines. J'ai été très frappé par la forêt vierge. De l'humidité, de la pourriture, des vapeurs... les origines, quoi. On comprend mieux, après avoir vu ça. Des bouillonnements, des proliférations... C'est marrant, la nature, lorsqu'on pense à Jean Moulin et Pierre Brossolette...

— Attendez, attendez. Quels noms déjà?

— Non, personne, je parle comme ça, au figuré. Il n'y a pas lieu d'enquêter. Ils sont déjà au point.

— Si je comprends bien, vous avez adopté votre python à cause de cette rencontre avec la nature, dans un moment de communion?

44

— Écoutez, j'ai des angoisses. Des terreurs abjectes. J'ai des moments où je ne crois pas que je vais donner autre chose. Que la fin de l'impossible, ce n'est pas français. Descartes, au grand siècle, ou quelqu'un comme ça, a dû dire, j'en suis sûr, une chose formidable, que je ne connais pas, mais j'ai quand même décidé de regarder la vérité en face pour avoir un peu moins peur. Mon grand problème, monsieur l'angoisse, c'est le commissaire.

— Vous n'avez rien à craindre. Vous êtes ici dans un poste de police.

— Alors, quand j'ai vu le python devant l'hôtel, à Abidjan, j'ai tout de suite compris qu'on était fait l'un pour l'autre. Il s'était à ce point enroulé sur lui-même, que je voyais bien qu'il essayait de disparaître à l'intérieur, se refouler, se cacher, tellement il avait peur. Il fallait voir les petites mines dégoûtées que les dames de notre groupe organisé prenaient en regardant la pauvre bête. Sauf Mlle Dreyfus, justement. L'autre jour, elle m'a même remarqué sur les Champs-Élysées. Le lendemain, au bureau, elle me l'a fait sentir, très discrètement. Elle m'a dit : « Je vous ai aperçu dimanche sur les Champs-Élysées. » Bref, j'ai tout de suite adopté le python, sans même demander combien. Le soir, à l'hôtel, il a rampé sur le lit et il m'a fait un gros câlin et je l'ai appelé comme ça. Quant à Mlle Dreyfus, elle vient de la Guyane et elle doit son nom à la francophonie, car le faux capitaine Dreyfus, qui n'était pas coupable, est là-bas très populaire, à cause de ce qu'il a fait pour le pays.

J'aurais voulu prolonger cette conversation, car il y avait là peut-être une amitié en train de naître, à cause de l'incompréhension réciproque entre les gens, qui sentent ainsi qu'ils ont quelque chose en commun. Mais le commissaire paraissait épuisé et il me regardait avec une sorte de peur, ce qui nous rapprochait encore, parce que moi aussi j'avais une peur bleue de lui. Il fit cependant d'une main tremblante un effort pour s'intéresser à moi.

— Vous avez une vignette ? me demanda-t-il.

J'achète chaque année la vignette pour sentir que je vais bientôt avoir une voiture, pour l'optimisme. Je lui expliquai tout ça.

— Si vous voulez bien, nous pourrions aller au Louvre ensemble, dimanche, lui proposai-je.

Il parut encore plus épouvanté. Je le fascinais, c'était clair. C'est dans tous les ouvrages. J'étais là, debout devant lui assis, et je m'approchai de plus en plus de lui, mine de rien, en détours, il y avait une demi-heure déjà qu'il s'intéressait à moi. Je m'attache très facilement. C'est un besoin, chez moi, de protéger, de m'offrir à quelqu'un d'autre. Et un commissaire de police, c'est bien quelqu'un d'autre. Il semblait gêné, peut-être parce que je lui faisais de la sympathie. Dans ces cas-là, d'habitude, on regarde ailleurs. C'est la dignité humaine qui fait ça, comme pour les clochards. On regarde ailleurs. D'ailleurs, le grand poète François Villon a prévu ça dans un vers. *Frères humains qui après nous vivez...* Il a prévu l'avenir, les frères humains. Qu'il y en aura un jour.

Il s'est levé.

— Bon, je vais déjeuner...

Ce n'était pas une invitation, mais il y pensait tout de même. Je pris un crayon et marquai mon nom et adresse, pour les rondes de police, de temps en temps.

— Ça me ferait plaisir. La police, ça sécurise.

— Je manque un peu d'hommes, en ce moment.

— Je comprends, je sais. L'état de manque.

Il m'a serré la main très vite et il est parti *déjeuner*. C'est moi qui souligne, pour qu'on voie que je n'ai pas perdu le fil et que ça se tient, c'est justement de cela que je parlais, cette question de nourritures terrestres.

Il fallait donc trouver autre chose pour nourrir
Gros-Câlin, je ne voulais pas lui servir des souris
et des cochons d'Inde, cela me rendait malade. J'ai
d'ailleurs l'estomac très sensible.

C'est ce que j'exposai au père Joseph. On voit
donc que je sais parfaitement à chaque instant où
j'en suis et c'est d'ailleurs là tout mon problème.

— Je me sens incapable de le nourrir. L'idée de
lui donner une pauvre souris blanche à manger me
rend malade.

— Faites-lui bouffer des souris grises, dit le
curé.

— Grises ou blanches, pour moi c'est la même
chose.

— Achetez-en un tas, de souris. Vous les remarquerez moins. C'est parce que vous les prenez une
à une que vous faites tellement attention. Ça
devient personnel. Prenez-en un tas anonyme, ça
vous fera beaucoup moins d'effet. Vous y regardez
de trop près, ça individualise. Il est toujours plus
difficile de tuer quelqu'un qu'on connaît. J'ai été
aumônier pendant la guerre, je sais de quoi je parle.
On tue beaucoup plus facilement de loin sans voir
qui c'est, que de près. Les aviateurs, quand ils

bombardent, ils sentent moins. Ils voient ça de très haut.

Il suça un moment sa pipe pensivement.

— Et puis qu'est-ce que vous voulez que je fasse, dit-il. C'est la nature. Il faut que chacun bouffe ce qui lui tient à cœur. L'appétit, vous savez...

Il soupira, à cause de la famine dans le monde.

Ce qui me bouleverse chez les souris, c'est leur côté inexprimable. Elles ont une peur atroce du monde immense qui les entoure et deux yeux pas plus gros que des têtes d'épingles pour l'exprimer. Moi, j'ai des grands écrivains, des génies picturaux et musicaux.

— C'est très bien exprimé dans la neuvième symphonie de Bach, dis-je.

— De Beethoven.

Un de ces jours, je vais me foutre sérieusement en rogne.

Ils veulent pas que ça change, voilà.

— Grises ou blanches, c'est toujours une question de tendresse, dis-je.

— Vous vous faites des idées. D'ailleurs, si mes souvenirs sont exacts, les pythons ne mâchent pas, ils avalent. Alors, vous comprenez, cette question de tendresse n'intervient pas.

On ne se comprenait pas. Et puis, brusquement, il trouva.

— Faites-le nourrir par quelqu'un d'autre, votre animal.

Je fus tellement étonné de ne pas y avoir pensé moi-même que je fus pris d'angoisse. Il me manquait quelque chose, c'est évident.

Je me taisais en battant des paupières, à cause de l'ahurissement. Toujours cette histoire d'œuf de Saint-Colomb. Je manque de simplicité.

J'ai essayé de me rattraper.

— Quand je parlais de tendresse, tout à l'heure, je ne parlais pas de la qualité de la viande, dis-je.

— Vous souffrez de surplus, dit le père Joseph. D'excédent, si vous préférez. Et je trouve un peu triste, monsieur Cousin, qu'au lieu de le donner à vos semblables, vous le donniez à un python.

On se comprenait de moins en moins.

— Comment, de surplus?

— Vous crevez d'amour et au lieu de faire comme tout le monde, vous vous attaquez aux pythons et aux souris.

Il a tendu la main au-dessus de l'addition et me l'a mise sur l'épaule.

— Vous manquez de résignation chrétienne, dit-il. Il faut savoir accepter. Il y a des choses qui nous échappent et que nous ne pouvons pas comprendre, il faut savoir l'admettre. Ça s'appelle l'humilité.

Du coup, je pensai au garçon de bureau avec sympathie.

— On ne peut pas, monsieur Cousin, guérir les pythons de la répugnance qu'ils inspirent et les souris de leur fragilité. Vous souffrez d'un besoin qui est mal parti et qui va se perdre je ne sais où. Épousez une jeune femme simple et travailleuse qui vous donnera des enfants et alors, les lois de la nature, vous n'y penserez même plus, vous verrez.

— C'est une drôle de femme que vous me proposez là, lui dis-je. Je n'en veux pas du tout. Qu'est-ce que je vous dois?

Je disais ça au garçon.

Nous nous sommes levés d'un commun accord et nous nous sommes serré la main. Il y avait là aussi des joueurs de billard mécanique.

— Mais au point de vue pratique, votre solution est toute trouvée, me dit-il. Vous avez bien une

50

femme de ménage? Elle viendra nourrir votre bestiau une fois par semaine, quand vous n'êtes pas là.

Il hésita un moment. Il ne voulait pas être désagréable. Mais il n'a pas pu s'empêcher, pour sortir.

— Vous savez, il y a des enfants qui crèvent de faim dans le monde, dit-il. Vous devriez y penser de temps en temps. Ça vous fera du bien.

Il m'a écrasé et il m'a laissé là sur le trottoir à côté d'un mégot. Je suis rentré chez moi, je me suis couché et j'ai regardé le plafond. J'avais tellement besoin d'une étreinte amicale que j'ai failli me pendre. Heureusement Gros-Câlin avait froid, j'avais astucieusement fermé le chauffage exprès pour ça et il est venu m'envelopper, en ronronnant de plaisir. Enfin, les pythons ne ronronnent pas, mais j'imite ça très bien pour lui permettre d'exprimer son contentement. C'est le dialogue.

Le lendemain, j'ai couru au bureau une heure plus tôt, quand ils nettoient, pour voir le garçon de bureau, simplement le voir, la tête qu'il a, le visage, ça n'arrive quand même pas tous les jours. Le préposé à l'entrée m'a dit qu'il n'était pas là, qu'il était à l'entraînement. Je n'ai pas voulu demander de quel genre d'entraînement il s'agissait, pour ne pas le savoir.

En revenant, comme d'habitude, je suis allé m'asseoir à côté d'un homme bien, qui m'inspirait confiance en moi-même. Il parut mal à l'aise, le wagon était à moitié vide et il m'a dit :

— Vous ne pourriez pas vous asseoir ailleurs, il y a pourtant de la place ?

C'est la gêne, à cause du contact humain.

Une fois, c'était même drôle, nous sommes entrés ensemble un monsieur bien et moi dans un wagon pour Vincennes complètement vide, et nous nous sommes assis l'un à côté de l'autre sur la banquette. On a tenu le coup un moment et puis on s'est levé en même temps et on est allé s'asseoir sur des banquettes séparées. C'est l'angoisse. J'ai consulté un spécialiste, le docteur Porade, qui me dit que c'était normal de se sentir seul dans une grande agglomération, lorsqu'on a dix millions de

personnes qui vivent autour de vous. J'ai lu qu'à
New York, il y a un service téléphonique qui vous
répond lorsque vous commencez à vous demander
si vous êtes là, une voix de femme qui vous parle et
vous rassure et vous encourage à continuer, mais à
Paris, non seulement les P & T ne vous parlent pas
quand vous décrochez, mais vous n'avez même pas
la tonalité. Ils vous disent la vérité ces salauds-là,
comme ça, froidement, vous n'avez pas de tonalité,
rien, et ils font même campagne contre les bordels,
à cause de la dignité humaine, qui est apparem-
ment une affaire de cul. C'est la politique de la
grandeur qui veut ça. Je n'ai pas besoin de dire que
dans mon état je n'ai pas à juger ce qui est bon ou
mauvais pour la prospérité de l'avortoir, je ne me
permettrais pas de critiquer nos institutions. Quand
on est dedans, on ne peut pas être dehors. Je
cherche simplement à donner le plus d'informations possible, en vue d'une enquête ultérieure,
peut-être. Il y a toujours plus tard des savants qui
s'occupent de ça, pour essayer d'expliquer comment c'est arrivé.

Je sais aussi qu'il y a un immense choix dans la
nature, les fleurs, les vols d'oies sauvages, des
chiens, et que lorsqu'il s'agit de quelqu'un à aimer,
un malheureux python dans le grand Paris, ça
n'intéresse personne.

C'est dans cet esprit que j'ai pris la décision
d'entreprendre une campagne d'information, de
renseigner, faire voir, me faire comprendre. Ce fut
une résolution immense, qui n'a rien changé du
tout, mais ce fut très important pour la résolution,
qui est une grande vertu.

Un matin, donc, alors qu'il faisait particulièrement beau, dehors, j'ai pris Gros-Câlin sur mes
épaules et je suis sorti dans la rue. Je me suis

promené partout avec mon python, la tête haute, comme si c'était naturel.

Je peux dire que je suis arrivé à susciter de l'intérêt. Je n'ai même jamais été objet de tant d'attention. On m'entourait, on me suivait, on m'adressait la parole, on me demandait ce qu'il mangeait, s'il était venimeux, s'il mordait, s'il étranglait, enfin, toutes sortes de questions amicales. Ce sont toujours les mêmes, lorsque les gens remarquent pour la première fois un python. Gros-Câlin, pendant ce temps, dormait : c'est sa façon de réagir aux émotions fortes. Parfois, bien sûr, on nous faisait des réflexions désagréables. Une femme avec poitrine, dit en élevant la voix :

— Celui-là, il cherche à se faire remarquer.

C'était vrai. Mais qu'est-ce qu'on doit faire, se noyer?

J'ai passé depuis des journées entières à me promener dans les rues avec Gros-Câlin. Ce qui cause les préjugés, les haines, le mépris, c'est le manque de contact humain, de rapports, on se connaît pas, voilà. Je faisais en somme une tournée d'information.

Physiquement, Gros-Câlin est très beau. Il ressemble un peu à une trompe d'éléphant, c'est très amical. A première vue, évidemment, on le prend pour quelqu'un d'autre. Je pense sincèrement qu'il gagne énormément à être connu. Je répondais poliment aux questions — sauf, je dois avouer, lorsqu'on me demandait ce qu'il mange, ça me met hors de moi, on est comme on est, bon Dieu! — mais en général j'évitais le prêchi-prêcha, pour ne pas avoir l'air de faire de la propagande. Il faut que les gens s'orientent peu à peu, apprennent à se comprendre entre eux, que ça leur vienne tout seul.

Mes promenades dans Paris avec Gros-Câlin prirent fin lorsque la police s'en mêla. Il est interdit de troubler l'ordre public en montrant des bêtes dites dangereuses dans les rues.

Mais passons à une description plus précise de l'objet de notre étude.

Le plus terrible, à cet égard, c'est le cas d'un monsieur qui habitait au 37, un retraité. On l'a brusquement vu faire une tête épouvantable et lui qui ne parlait jamais à personne, pour ne pas avoir l'air de quémander, s'était mis à expliquer à tous et chacun qu'il était désespéré parce que son chien qui l'aimait était mort. Tout le monde compatissait et puis on s'est rappelé qu'il n'avait jamais eu de chien. Mais il vieillissait et il avait voulu se donner l'impression qu'il avait tout de même eu et perdu quelqu'un, dans sa vie. On l'a laissé dire, après tout, c'était égal, et il est mort comme ça, de chagrin, heureux, parce qu'il avait quand même eu et perdu quelqu'un.

J'ai donc dit que Gros-Câlin est très beau. Lorsqu'il rampe gaiement ici et là sur la moquette, dans la lumière, ses écailles prennent de jolies teintes verdâtres et beiges harmonieuses, qui se marient très bien avec la couleur de la moquette, que j'ai choisie exprès d'un vert profond, un peu boueux, pour lui donner l'impression de la nature. Pas tellement à la moquette, mais à Gros-Câlin et à moi-même, à cause de l'importance du cadre de vie. Je ne sais pas si les pythons distinguent les couleurs mais je fais ce que je peux. Il a des dents qui sont légèrement inclinées vers l'intérieur du gosier en oblique, et lorsqu'il prend ma main pour me faire comprendre qu'il a faim, je dois faire attention à la dégager doucement pour ne pas l'écorcher. Je suis obligé de le laisser seul tous les jours, car il n'est pas question de le prendre au bureau avec moi. Ça ferait jaser. C'est dommage, parce que je suis dans les statistiques et il n'y a rien de plus mauvais pour la solitude. Lorsque vous passez vos journées à compter par milliards, vous rentrez à la maison dévalorisé, dans un état voisin du zéro. Le nombre 1 devient pathétique, absolument paumé et angoissé, comme le comique bien triste Charlie Chaplin. Chaque fois que je vois le nombre 1, j'ai envie de l'aider à s'échapper. Ça n'a ni père ni mère, c'est sorti de l'assistance publique, il s'est fait tout seul et il a constamment à ses trousses, derrière, le zéro qui veut le rattraper, et devant, toute la maffia des grands nombres qui le guettent. 1, c'est une sorte de certificat de pré-naissance avec absence de fécondation et d'ovule. Ça rêve d'être 2, et ça ne cesse de courir sur place, à cause du comique. C'est les micro-organismes. Je vais toujours au cinéma pour voir les vieux films de Charlot et rire comme si c'était lui et pas moi. Si j'étais quelqu'un, je ferais toujours jouer 1 par Charlot, avec son petit chapeau et sa badine, poursuivi par le gros zéro qui le menace avec cet œil rond qui vous regarde et qui fait tout ce qu'il peut pour empêcher 1 de devenir 2. Il veut que 1 ce soit cent millions, il veut pas moins, parce que, pour que ce soit rentable, il faut que ce soit démographique. Sans ça, ce serait une mauvaise affaire et personne n'irait s'investir dans les banques de sperme. C'est comme ça que Charlot est tout le temps obligé de fuir, et il se retrouve toujours seul, sans fin et sans commencement. Je me demande ce qu'il mange.

La vie est une affaire sérieuse, à cause de sa futilité.

Mes parents m'ont quitté pour mourir dans un accident de circulation et on m'a placé d'abord dans une famille, puis une autre, et une autre. Je me suis dit chic, je vais faire le tour du monde.

J'ai commencé à m'intéresser aux nombres, pour me sentir moins seul. A quatorze ans, je passais des nuits blanches à compter jusqu'à des millions, dans l'espoir de rencontrer quelqu'un, dans le tas. J'ai fini dans les statistiques. On disait que j'étais doué pour les grands nombres, j'ai voulu m'habituer, vaincre l'angoisse, et les statistiques, ça prépare, ça accoutume. C'est comme ça que madame Niatte m'a surpris un jour debout au milieu de mon habitat, à me serrer dans mes bras tout seul, à m'embrasser, à me bercer presque, c'est une habitude d'enfant, je sais bien et j'ai un peu honte. Avec Gros-Câlin, c'est plus naturel. Quand je suis tombé sur lui, j'ai tout de suite compris que tous mes problèmes affectifs étaient résolus.

J'essaye cependant de ne pas pencher d'un seul côté et d'avoir un régime équilibré. Je vais régulièrement chez les bonnes putes et je tiens à proclamer ici que j'emploie ce mot généreux « putes » avec son plus noble accent de reconnais-

57

sance, d'estime publique et d'Ordre du Mérite, car il m'est impossible d'exprimer ici tout ce qu'un homme qui vit dans la clandestinité avec un python ressent parfois dans nos circonstances. C'est quand même une façon de faire le mur. Le cœur des putes vous parle toujours, il suffit de mettre l'oreille, et il ne vous dit jamais d'aller vous faire voir. Je mets l'oreille dessus et nous écoutons tous les deux, avec mon sourire. Je dis parfois aux filles que je suis étudiant en médecine.

En attendant, je m'installe dans un fauteuil, je prends Gros-Câlin et il met son bras de deux mètres vingt de long autour de mes épaules. C'est ce qu'on appelle « état de besoin », en organisme. Il a une tête inexpressive, à cause de l'environnement originel, évidemment, c'est l'âge de pierre, comme les tortues, les circonstances prédiluviennes. Son regard n'exprime pas autre chose que cinquante millions d'années et même davantage, pour finir dans un deux-pièces. Il est merveilleux et rassurant de sentir chez soi quelqu'un qui vient d'aussi loin et qui est parvenu jusqu'à Paris. Cela donne de la philosophie, à cause de la permanence assurée et des valeurs immortelles, immuables. Parfois, il me mordille l'oreille, ce qui est bouleversant d'espièglerie, lorsqu'on pense que cela vient de la préhistoire. Je me laisse faire, je ferme les yeux et j'attends. On aura compris depuis longtemps par les indications que j'ai déjà données que j'attends qu'il aille encore plus loin, qu'il fasse un bond prodigieux dans l'évolution et qu'il me parle d'une voix humaine. J'attends la fin de l'impossible. Nous avons tous et depuis si longtemps déjà une enfance malheureuse.

Souvent, je m'endors ainsi, avec ce bras de deux mètres de long qui m'entoure et me protège en toute confiance, avec le sourire. J'ai pris une photo de Gros-Câlin endormi autour de moi dans le fauteuil. J'ai voulu la montrer à Mlle Dreyfus mais j'ai eu peur qu'elle renonce à moi en croyant que j'étais déjà pourvu. J'aurais pu évidemment lui expliquer que ce n'était pas une question de longueur de bras, seulement d'aspiration et du sentiment qu'on y met, mais il ne faut jamais risquer d'éveiller chez quelqu'un un sentiment d'infériorité.

Il est cependant évident que les rapports exceptionnels que j'entretiens avec Gros-Câlin me coûtent cher. Très peu de jeunes femmes, ainsi que je l'ai déjà exposé en connaissance de cause, accepteraient de partager la vie d'un python. Cela demande beaucoup de tendresse et de compréhension, c'est une véritable épreuve, un test, ça prouve. Pour franchir une telle distance d'une personne à une autre avec python, il faut un vrai élan. Je suis sûr et certain que Mlle Dreyfus en est capable et qu'elle a d'ailleurs un avantage au départ à cause de ses origines communes.

Je me réveille parfois dans mon fauteuil car Gros-Câlin dort si fort qu'il risque de m'étrangler. C'est l'angoisse et je prends deux valiums, puis je me rendors. Le professeur Fischer, dans son ouvrage sur les pythons et les boas, nous dit qu'ils rêvent aussi. Il ne nous dit pas de quoi. Mais moi j'ai ma conviction là-dessus. Je suis sûr que les pythons rêvent de quelqu'un à aimer.

C'est chez moi une certitude.

C'est donc dans un but d'intuition et de compréhension que je me suis mis à faire des rêves de
python. On ne peut évidemment pas se mettre à sa
propre place, parce qu'on y est déjà et on se heurte
aussitôt à l'angoisse, mais on peut se mettre à la
place d'un autre, par la méthode sympathique. Je
ne puis être scientifiquement sûr de ma découverte,
mais c'est ainsi que je suis arrivé à la conclusion
que les pythons rêvent d'amour.

Je fais aussitôt plusieurs constatations boulever-
santes.

La première chose que je découvre ainsi est que
je suis très beau. On remarque que je souris de
plaisir. Je le dis en toute modestie, parce qu'il ne
s'agit pas de moi. En ce qui me concerne person-
nellement, si j'ose m'exprimer ainsi, un peu pré-
tentieusement, je posai un jour cette question à une
bonne pute. Je prends là un terme courant que
j'emprunte aux autres, dans un but de rapproche-
ment et de fraternité, mais je ne suis pas d'accord
avec lui, car il est péjoratif et je ne péjore jamais. Je
lui ai demandé ce qu'elle pensait de mon apparence
physique. Elle parut très étonnée, car elle croyait en
avoir fini avec moi. Elle s'est arrêtée à la porte et

s'est tournée vers moi. Une petite blonde bien en place partout.

— Quoi? Qu'est-ce que tu m'as demandé?

— Comment tu me trouves, physiquement?

Elle n'était pas obligée, car nos rapports s'étaient déjà dénoués. Mais c'est un métier qui donne de l'humanité.

— Laisse voir... Je ne t'ai pas regardé. On est toujours si occupé en faisant le boulot...

Elle m'a bien regardé. Gentiment, ni oui ni non. Heureusement qu'elle ne l'avait pas fait avant, j'aurais pas pu, à cause de l'angoisse.

— Ben, tu sais... Ça se vaut. Tu es même plutôt mieux, on dirait que t'as peur d'être mangé...

Elle haussa les épaules et elle a ri, mais sans rigoler.

— T'en fais pas, va. Il faut jamais y penser. Et puis, tu sais, dans les histoires de cul, il n'y a que les sentiments qui comptent.

J'ai eu soudain envie de pleurer, comme ça arrive parfois quand on voit quelque chose de beau. C'est toujours merveilleux lorsque toutes les barrières tombent et on se retrouve tous ensemble, on se rejoint. Au moment de la grande peur, en mai 1968 — je n'ai pas osé sortir de chez moi pendant trois semaines, à cause de l'espoir, de la fin de l'impossible, j'avais l'impression que ce n'était même pas moi, que c'était Gros-Câlin qui rêvait — j'ai vu une fois, en regardant prudemment par la fenêtre, des gens qui se rencontraient au milieu de la rue et qui se parlaient.

— Et puis, toi, au moins, tu as un regard. La plupart des gens ils n'ont rien dans les yeux, tu sais, comme les voitures qui se croisent la nuit, pour ne pas éblouir, allez, au revoir.

Elle s'en alla et je suis resté encore dix minutes

seul dans la chambre. Je me sentais bien, j'éprouvais une sorte d'euphorie et de prologomène, mot dont je ne connais pas le sens et que j'emploie toujours lorsque je veux exprimer ma confiance dans l'inconnu.

Ça tombait bien, parce que le lendemain Gros-Câlin commença sa mue. Il a déjà changé deux fois de peau, dans ses efforts, depuis qu'il vit chez moi.

Quand ça commence, il devient inerte, il a l'air complètement écœuré de tout, il n'y croit plus. Ses paupières deviennent blanches, laiteuses. Et puis sa vieille peau commence à craquer et à tomber. C'est un moment merveilleux, le renouveau, la confiance règne. Bien sûr, c'est toujours la même peau qui revient, mais Gros-Câlin est très content, il frétille, il cavale partout sur la moquette et je me sens heureux, moi aussi, sans raison, ce qui est la meilleure façon d'être heureux, la plus sûre.

A la STAT, je fredonne, je me frotte les mains, je cours ici et là, et mes collègues remarquent ma bonne mine. Je m'achète un bouquet de fleurs sur le bureau. Je fais des projets d'avenir, puis ça se calme. Je reprends mon pardessus, mon chapeau, mon écharpe et je rentre dans mon deux-pièces. Je retrouve Gros-Câlin enroulé sur lui-même dans un coin. La fête est finie. Mais c'est émouvant pendant que ça dure. Et c'est très bon pour les pressentiments, ça encourage l'aspiration chez l'organisme.

D'ailleurs, mon problème principal n'est pas tellement mon chez-moi mais mon chez-les-autres. La rue. Ainsi qu'on l'a remarqué sans cesse dans ce texte, il y a dix millions d'usagés dans la région parisienne et on les sent bien, qui ne sont pas là, mais moi, j'ai parfois l'impression qu'ils sont cent millions qui ne sont pas là, et c'est l'angoisse, une telle quantité d'absence. J'en attrape des sueurs d'inexistence mais mon médecin me dit que ce n'est rien, la peur du vide, ça fait partie des grands nombres, c'est pour ça qu'on cherche à y habituer les petits, c'est les maths modernes. Mlle Dreyfus doit en souffrir particulièrement, en tant que Noire. Nous sommes faits l'un pour l'autre mais elle hésite, à cause de mon amitié avec Gros-Câlin. Elle doit se dire qu'un homme qui s'entoure d'un python recherche des êtres exceptionnels. Elle manque de confiance en elle-même. Pourtant, peu de temps après notre rencontre sur les Champs-Élysées, je tentai de lui venir en aide. Je me suis rendu au bureau un peu plus tôt que d'habitude et j'ai attendu Mlle Dreyfus devant l'ascenseur pour voyager avec elle. Il fallait quand même nous connaître un peu mieux, avant de nous décider.

Lorsqu'on voyage ensemble, on apprend des tas de choses les uns sur les autres, on se découvre. Il est vrai que la plupart des gens restent debout dans l'ascenseur, sans se regarder, verticalement et raides, pour ne pas avoir l'air d'envahir le territoire des autres. C'est des clubs anglais, les ascenseurs, sauf que c'est debout, avec les arrêts aux étages. Celui de la STAT met une bonne minute dix pour arriver chez nous et si on fait ça tous les jours, même sans se parler, on finit malgré tout par faire une petite bande d'amis, d'habitués de l'ascenseur. Les lieux de rencontres, c'est capital.

J'ai voyagé avec Mlle Dreyfus quatorze fois et ça n'a pas raté. Heureusement, ce n'est pas un grand ascenseur, juste ce qu'il faut pour que huit personnes puissent se sentir bien ensemble. Je garde pendant le parcours un silence expressif, pour ne pas faire le boute-en-train ou Gentil Organisateur des clubs de voyages, et parce que cinquante secondes n'est pas assez pour me faire comprendre. Lorsque nous sommes sortis au neuvième, devant la STAT, Mlle Dreyfus m'a adressé la parole et elle est tout de suite entrée dans le vif du sujet.

— Et votre python, vous l'avez toujours ?

Comme ça, en plein dedans. En me regardant droit dans les yeux. Les femmes, quand elles veulent quelque chose...

J'en ai eu le souffle coupé. Personne ne m'a jamais fait des avances. Je n'étais pas du tout préparé à cette jalousie, à cette invitation à choisir, « c'est lui ou c'est moi ».

J'ai été à ce point secoué que j'ai fait une gaffe. Une gaffe terrible.

— Oui, il vit toujours avec moi. Vous savez, dans l'agglomération parisienne, il faut quelqu'un à aimer...

64

Quelqu'un à aimer... Il faut être con, quand même, pour dire ça à une jeune femme. Car ce qu'elle en a compris, à cause de l'incompréhension naturelle, c'est que j'avais déjà quelqu'un, merci beaucoup.

Je me souviens très bien. Elle portait des bottes à mi-cuisses et une mini-jupe en quelque chose. Une blouse orange.

Elle est très jolie. Je pourrais la rendre plus belle encore, dans mon imagination, mais je ne le fais pas, pour ne pas augmenter les distances.

Le nombre de femmes que j'aurais eues si je n'avais pas un python chez moi, c'est fou. L'embarras du choix, c'est l'angoisse. Je ne veux pas qu'on s'imagine pourtant que j'ai pris un reptile universellement réprouvé et rejeté pour me protéger. Je l'ai fait pour avoir quelqu'un à... Je vous demande pardon. Cela sort de mon propos, ici, qui est l'histoire naturelle.

Elle m'a regardé d'une certaine façon, quand je lui dis que j'aimais déjà quelqu'un. Elle ne paraissait pourtant pas vexée, blessée. Non, rien. Les Noirs à Paris ont beaucoup de dignité, à cause de l'habitude.

Elle m'a même souri. C'était un sourire un peu triste, comme si elle avait de la peine. Mais les sourires sont souvent tristes, il faut se mettre à leur place.

— Allez, au revoir, au plaisir.

Très poliment, en me donnant la main. J'aurais dû la baiser, cela se faisait autrefois, et il n'y a pas de raison. Mais je risquais de paraître antédiluvien, et ça, jamais.

— Allez, au revoir et merci.

Et puis elle s'en est allée en mini-jupe.

Je suis resté là, décidé à ouvrir le gaz. J'avais

envie de mourir, en attendant mieux. Je me disposais donc à reprendre mes occupations à cet effet, lorsque le garçon de bureau passa par là, avec cinq corbeilles à papier les unes sur les autres, comme un sportif.

— Qu'est-ce que tu fous là, Gros-Câlin? T'en fais une tête!

Ils m'appellent tous Gros-Câlin, à l'agence, à cause de l'esprit. Je ne trouve pas cela drôle mais on vit, quoi.

— Enfin, qu'est-ce qui t'arrive?

Je me suis bien gardé de lui faire des confidences. Je ne sais pas pourquoi, mais je me méfie de ce gars-là. Il me fait même un peu peur. J'ai toujours l'impression qu'il a des intentions. Il me dérange. Mais enfin, c'est le rôle de la police, ce n'est pas à moi de m'en occuper. C'est le genre de personne qui fait semblant d'être là chez lui, alors qu'on sait bien que c'est pas vrai, qu'il fait semblant. Je me méfie de ceux qui cherchent tout le temps à vous culpabiliser. Ce garçon de bureau, il a toujours l'air renseigné, avec des coups d'œil malin à la française, avec lueurs d'ironie et clartés, comme pour vous dire que lui, il connaît la manière, on peut en sortir, il y a qu'à pousser.

Je n'aime pas cette façon indignée qu'il a de me regarder. On dirait que je lui fais mal. J'ai ma dignité, je ne permets à personne de me manquer.

— A propos, dit-il, derrière ses paniers. On a une réunion, samedi soir. Tu veux venir? Ça te changera.

Des ambitieux, tous, avec des exigences et des prétentions. C'est le fascisme, au fond. Ce n'est pas que je sois contre le fascisme sans espoir pour tout le monde, parce qu'au moins là, ce serait la vraie démocratie, on saurait pourquoi, il n'y aurait plus de liberté, ce serait l'impossible, on aurait des excuses. Il paraît même qu'il y a des gens qui ont une telle peur de la mort qu'ils finissent par se suicider, à cause de la tranquillité.

— C'est à huit heures trente, à la Mutualité. Viens. Ça te sortira de ton trou.

S'il y a une chose qui me vexe, c'est qu'on dise du mal de mon habitat. J'en fais le plus grand cas. Chaque chose, chaque objet, meubles, cendrier, pipe, est un ami durable. Je les retrouve chaque soir à la même place où je les ai laissés, et c'est une certitude. Je peux compter dessus à coup sûr. C'est une angoisse en moins. Le fauteuil, le lit, la chaise, avec une place pour moi au milieu, et quand j'appuie sur un bouton, la lumière se fait, tout s'éclaire.

— Mon appartement n'est pas un *trou*, lui dis-je. Je ne vis pas dans un *trou*, nulle part. Je suis très bien logé, avec adresse.

— Tu es tellement dedans que tu ne le vois même pas, me lança-t-il. C'est pas que je m'intéresse à toi, t'as pas à te fâcher, mais ça me fait mal de te voir. Alors, viens avec nous samedi. Tiens, j'ai les mains occupées, prends cette feuille dans ma poche, il y a le jour et l'heure. Ça te changera.

J'ai quand même hésité un moment, à cause de ma faiblesse. On ne sait pas assez que la faiblesse est une force extraordinaire et qu'il est très difficile de lui résister. Et je ne voulais pas non plus être pris pour une espèce d'égoïste qui ne s'intéresse qu'à son python. Dans le même ordre d'idées, je ne suis pas non plus le genre de mec qui irait donner à Jésus-Christ le prix Nobel de littérature. Et ma température est, aussi étrange que cela puisse paraître, 36º6, alors que je sens quelque chose comme 5º au-dessous de zéro. Je pense que ce

67

manque de chaleur pourra être remédié un jour par la découverte de nouvelles sources d'énergie indépendantes des Arabes, et que la science ayant réponse à tout, il suffira de se brancher sur une prise de courant pour se sentir aimé.

Tout cela me paraît si évident et péremptoire que j'ai même rédigé à quelques éditeurs triés sur le volet la lettre suivante, bien que mon ouvrage soit encore à l'état de cru et de cri, avec une extrême prudence, l'étouffement dans l'œuf étant ici une des méthodes les plus couramment employées.

Monsieur,
Je vous adresse ci-joint un ouvrage d'observation sur la vie des pythons à Paris, fruit de longues expériences personnelles. Je n'ignore pas que les ouvrages sur la clandestinité abondent et que tous les états latents sont des états d'attente mais en cas de non-réponse, selon l'usage, je m'adresserai ailleurs. Veuillez agréer.

J'ai adopté exprès un ton sec et péremptoire pour leur faire peur et leur faire comprendre que j'ai d'autres possibilités. Je n'ai pas mentionné spécifiquement ces possibilités, que je n'ai évidemment pas, afin qu'elles paraissent plus grandes et pour ainsi dire illimitées. Je me suis senti aussitôt mieux, car il n'y a rien de tel que les perspectives illimitées.

On aura remarqué que je n'ai pas mentionné les femmes dans ma lettre, pour ne pas lui donner un ton trop confessionnel.

Je venais de poser mon stylo lorsqu'on sonna. J'ai vite couru me donner un coup de peigne et rectifier le nœud de mon papillon jaune à pois bleus, comme je le fais toujours lorsque quelqu'un se trompe de porte. Mais quelle ne fut pas ma surprise lorsque je vis le garçon de bureau et deux autres jeunes gens que je n'avais jamais vus au cours de mes regards. Le garçon de bureau me tendit la main.

— Salut. On passait par là, alors on s'est dit : on va voir le python. Tu permets ?

J'étais indigné. S'il y a une chose à laquelle je tiens, c'est ma vie privée. Je n'admets pas qu'on entre chez moi comme ça, sans crier gare. La vie privée, c'est sacré, c'est ce qu'ils ont justement perdu, en Chine. J'étais peut-être en train de regarder la télévision ou de réfléchir librement, sans contrainte, ou songer à tous les livres que l'on est libre de publier en France. Mlle Dreyfus aurait pu se trouver là et cela aurait été terrible pour elle si quelqu'un du bureau la voyait chez moi et découvrait nos rapports intimes. Les Noires sont d'ailleurs obligées de faire plus attention que les autres, à cause de leur réputation.

Je n'ai rien dit mais c'était l'angoisse, sans raison, car par chance Mlle Dreyfus n'était pas là.

Ils sont entrés.

Je n'ai même pas eu le temps d'enlever du mur les photos de Jean Moulin et de Pierre Brossolette. Je n'aime pas qu'on se moque de moi, comme tout le monde. Et d'abord, pour vivre dans un agglomérat de dix millions d'habitués — et je m'excuse de le répéter, je le fais pour m'accoutumer si possible

—, il faut avoir quelque chose de bien à soi, des choses, des trucs, qui une collection de timbres-poste, qui des rêveries, son petit quant-à-soi, une vie intérieure. Mais surtout, je ne veux pas que personne au sens de vraiment personne, s'imagine, en trouvant les photos de deux hommes véritables sur mon mur, s'imagine que je me complais dans des états vagues et aspiratoires avec dignité, que l'on appelle astucieusement bourrage du crâne, pour faciliter le lavage du cerveau. Le bourrage du crâne, s'il n'y avait pas eu ensuite lavage du cerveau, ça aurait continué. C'est ce que les fascistes appellent « continuer à croire et à espérer ». C'est le pire truc facho, ça, et ça mène tout droit à la politique et à toutes sortes de trucs boutonneux, comme le printemps de Prague pour hivers russes. Quand je vois Gros-Câlin complètement enroulé sur lui-même, entortillé, des kilos de nœuds, c'est là que j'apprécie le mieux ma liberté et les droits dont je jouis quand je suis chez moi, dans mon fort intérieur. De toute façon, on ne peut m'accuser de rien nourrir, car lorsque je suis né, ces deux héros de la Résistance étaient déjà dans l'autre monde, au sens propre du figuré, l'autre monde, le monde des hommes, ils étaient déjà nés, eux.

Ils ont regardé le python, longuement. Gros-Câlin roupillait sur le fauteuil. Il faisait le flasque, genre pneu de bicyclette dégonflé. Il adore faire le flasque. Il ne bande ses muscles que pour agir, s'entortiller, faire des nœuds, ramper sur la moquette.

— Eh bien, heureusement que tu as quelqu'un pour s'occuper de toi, dit le garçon de bureau.

Je n'ai pas relevé. J'ai horreur de la gouaille.

Un de ses copains demanda :

— Qu'est-ce qu'il mange?

C'est une question que je déteste et j'ai fait semblant de ne pas entendre.

— Qu'est-ce que ça mange, un python? insista-t-il.

— Des pâtes, du pain, du fromage, des choses comme ça, lui dis-je.

L'idée de bouffer des souris, des cochons d'Inde, des lapins vivants m'est odieuse. J'essaye de ne pas y penser.

— On t'a apporté des trucs à lire, dit le garçon de bureau.

Et ne voilà-t-il pas qu'ils sortent de leurs poches des brochures, des tracts, des publications.

— Tu devrais essayer de t'orienter, dit le garçon de bureau. Lis ça, renseigne-toi. Tu peux pas continuer comme ça. Tu peux encore t'en sortir.

J'ai bourré ma pipe et je l'ai allumée, dans le genre anglais. Quand c'est l'angoisse, j'essaye d'imaginer que je suis anglais et que rien ne peut me toucher, à cause de mon côté imperturbable.

— Ils vont finir par t'embarquer, tu sais, dit le garçon de bureau. Les voisins ou quelqu'un vont remarquer et tu auras des ennuis de santé, comme ils appellent ça.

— J'ai des autorisations, lui dis-je. J'ai un permis d'avoir un python chez moi. Je suis en règle.

— Ah ça, j'en suis sûr, dit-il. Ce qu'on appelle vivre, chez nous, ça consiste uniquement à être en règle.

Ils sont partis. Je me suis approché de mon pauvre Gros-Câlin et je l'ai pris dans mes bras. Il est difficile d'être Gros-Câlin dans une ville qui n'est pas faite pour ça. Je me suis assis sur le lit et je l'ai gardé longuement dans mes bras et autour de moi avec l'impression de recevoir une réponse. J'avais même des larmes aux yeux à sa place, parce qu'il ne peut pas, lui, à cause de l'inhumain.

J'ai un collègue de bureau qui est revenu tout bronzé des vacances dans le Sud tunisien.

Je le dis pour montrer que je sais voir le bon côté des choses.

Le soir, j'ai fait un truc inouï pour « sortir », comme disent les garçons de bureau. Je faisais dînette sobrement au restaurant des Châtaigniers, rue Cave. A côté de moi, il y avait un couple de moyen âge qui ne m'a pas adressé la parole, comme on doit entre étrangers. Ils mangeaient une entrecôte-frites.

Je ne vois pas où j'ai trouvé le courage de faire ça. Bien sûr, j'ai toujours envie d'avoir quelque chose en commun, c'est les années d'habitude, à cause du manque, qui font ça. Mais il y a la répression intérieure, pour ne pas déborder en société, comme il faut pour vivre dans une immense cité sans se gêner. Seulement, bien sûr, parfois ça déborde.

C'est ce que j'ai fait.

J'ai tendu la main et j'ai pris une frite dans *leur* assiette.

Je souligne *leur* à cause de l'énormité.

Je l'ai mangée.

Ils n'ont rien dit. Je crois qu'ils ne l'ont pas remarqué, à cause de la monstruosité, de l'énormité, justement.

J'ai pris une autre frite. C'était la faiblesse qui faisait ça, c'était plus fort que moi.

J'ai continué.

Trois, quatre frites.

J'étais couvert de sueur froide, mais c'était plus fort que moi. La faiblesse, croyez-moi, c'est irrésistible.

Et encore une frite, comme ça, en toute simplicité, entre amis.

J'étais complètement épouvanté par mon fort intérieur. Je faisais une sortie, quoi. Une percée.

Et encore une frite.

Le commando de l'amitié.

Je ne sais pas ce qui s'est passé ensuite, parce que j'ai senti un tremblement de terre, ça s'est brouillé et lorsque j'ai repris connaissance, tout était en ordre. Rien n'était arrivé, rien n'avait changé. J'étais assis là, devant mon artichaut vinaigrette, et à côté, il y avait le couple qui mangeait une entrecôte avec des frites.

J'avais fait ça seulement dans mon fort intérieur. Le commando avait fait une tentative de sortie mais il a été refoulé par lui-même et il s'est replié sans frites. C'est ce qu'on appelle sur les murs « l'imagination au pouvoir ». C'est écrit sur les murs, on peut le voir partout. Les murs, on peut écrire dessus n'importe quoi, ça tient. C'est solide, les murs. Ce sont les graffiti qui le prouvent.

Je me suis fait tellement peur que je m'étais évanoui. Heureusement, je n'étais pas tombé et personne n'a rien remarqué. J'ai eu de la chance.

Je suis tout de même content d'avoir eu cette idée, il faut le faire, je le dis sans fausse modestie.

Après, j'ai rampé chez moi, complètement vidé par l'effort que je venais de faire et j'ai jeté un coup d'œil à la littérature que les garçons de bureau m'avaient apportée. Enfin, ils n'étaient pas tous garçons de bureau, mais c'est la même chose. J'ai donc feuilleté prudemment les brochures, tracts et gazettes qu'ils m'avaient laissés. Je dis « prudemment », pas parce que je me méfiais particulièrement du danger public, mais parce que je fais tout prudemment, c'est chez moi un principe. Je n'y ai rien trouvé qui eût pu se rapporter au présent ouvrage et j'ai jeté tout ça à la poubelle. Ensuite, j'ai pris Gros-Câlin sur mes épaules et nous sommes restés là un bon moment à nous sentir bien ensemble. Beaucoup de gens se sentent mal dans leur peau, parce que ce n'est pas la leur.

daydream

Nous sommes donc restés comme ça un bon moment à rêvasser. Il faut dire que cela fait déjà dix mois que je prends tous les matins l'ascenseur en compagnie de Mlle Dreyfus et en additionnant les temps de parcours, on arrive à un total assez impressionnant. Il y a onze étages et pour me changer les idées je donne un nom différent à chaque étape, Bangkok, Ceylan, Singapore, Hong Kong, comme si je faisais une croisière avec Mlle Dreyfus, c'est marrant, quoi. L'autre jour, j'ai même essayé de faire un peu d'humour, c'est mon côté anglais. L'ascenseur venait de toucher le sixième étage, qui est Mandalay, en Birmanie, sur ma carte. Je dis à Mlle Dreyfus :

— Les escales sont tellement rapides que l'on n'a pas le temps de visiter.

Elle ne comprit pas, parce qu'on n'est pas toujours dans le même rêve, et elle m'a regardé avec un peu d'étonnement. Je dis :

— Il paraît que Singapore, c'est très pittoresque. Ils ont là-bas les murs de Chine.

Mais on était déjà arrivés et Mlle Dreyfus est sortie en mini-jupe, avec incompréhension.

Je passai une journée sinistre, au cours de

laquelle je remis tout en cause. J'étais plein de moi-même avec bouchon. Je me trompais peut-être complètement sur la nature des sentiments que Mlle Dreyfus éprouvait à mon égard. Étant une Noire, elle était peut-être sensible à la solitude des pythons à Paris et ne me fréquentait que par pitié à leur égard. Moi, la pitié, je n'en veux à aucun prix, j'en ai déjà assez moi-même. C'était l'angoisse. Je me sentais complètement libre sans aucun lien de soutien avec personne, une liberté sans dépendance aucune et avec personne à l'appui, qui vous tient prisonnière pieds et poings liés et vous fait dépendre de tout ce qui n'est pas là et vous rend à votre caractère prénatal, avec anticipation de vous-même. J'en venais à me demander, par astrologie, si la planète n'est pas composée de deux milliards et demi de signes astrologiques dont on se sert ailleurs pour lire l'avenir d'une espèce humaine sur une tout autre galaxie. Je pensais que Jean Moulin et Pierre Brossolette étaient des prénaturés, des pressentimentaux anticipaires et qu'ils ont été rectifiés à ce titre, pour erreur humaine. C'était la banque du sperme, quoi. La liberté est un truc particulièrement pénible, car si elle n'existait pas, au moins, on aurait des excuses, on saurait pourquoi. La liberté, il ne faut pas que ce soit seulement bancaire, il faut quelque chose d'autre, quelque chose, quelqu'un à aimer, par exemple — je dis ça en passant — pour ne plus être libre à bon escient. Moi, je suis contre le fascisme, mais l'amour, c'est quand même tout autre chose. Je répète ici pour la dernière fois et si on continue à l'insinuer, je vais me mettre en rogne, que ce n'est pas pour ça que je garde Gros-Câlin chez moi, car même si je ne vivais pas avec un python, rien ne prouve que je trouverais quelqu'un à aimer qui soit disposé. Au moins, dans un État policier, on n'est pas libre, on sait pourquoi, on n'y est pour rien. Mais ce qu'il y a de dégueulasse en France, c'est qu'ils vous donnent même pas d'excuses. Il n'y a rien de plus vachard, de plus calculé et de plus traître que les pays où l'on a tout pour être heureux. Si on avait ici la famine en Afrique et la sous-alimentation chronique avec dictature militaire, on aurait des excuses, ça dépendrait pas de nous.

J'étais tellement anxieux qu'en rentrant chez moi, j'ai fouillé dans la poubelle et j'ai regardé les brochures et les feuilles ronéos que les garçons de bureau m'avaient laissées, mais il n'y avait là rien qui me concernait, c'était de la politique.

Je pense que ce curé a raison et que je souffre de surplus américain. Je suis atteint d'excédent. Je pense que c'est en général, et que le monde souffre d'un excès d'amour qu'il n'arrive pas à écouler, ce qui le rend hargneux et compétitif. Il y a le stockage monstrueux de biens affectifs qui se déperdissent et se détériorent dans le fort intérieur, produit de millénaires d'économies, de thésaurisation et de bas de laine affectifs, sans autre tuyau d'échappement que les voies urinaires génitales. C'est alors la stagflation et le dollar.

J'en arrive à la conclusion que lorsque nous voyageons ensemble dans le même ascenseur, Mlle Dreyfus comprend que je crève de surplus américain et qu'elle n'ose pas affronter un tel besoin, ne se sentant pas à la hauteur, à cause de ses origines. La grande passion fait toujours peur aux humbles. Nous avons au bureau une secrétaire, Mlle Kukowa, qui fait rire mes collègues parce qu'elle court faire pipi toutes les dix minutes. Elle doit avoir une toute petite vessie, un véritable bijou.

Mais je demeure confiant. Une femme est toujours intéressée lorsqu'elle rencontre un homme jeune, avec une situation, et qui ne craint pas de se

80

charger d'un reptile difficile à nourrir de deux mètres vingt, de l'assumer et de veiller sur ses besoins, elle sent qu'il y a là une bonne place à prendre.

A part cette question qu'elle m'a posée une fois au cours de nos voyages, Mlle Dreyfus ne m'a plus jamais adressé la parole. Peut-être parce qu'elle sentait que ça devenait trop important, entre nous, ou peut-être avait-elle honte. Elle doit éprouver de la gêne lorsqu'on commence à parler des pythons, à cause des singes. Ce qui me fait penser que je suis né trop tard pour la fraternité. Ça n'a plus rien à vous donner. J'ai raté les Juifs persécutés que l'on pouvait traiter d'égal à égal, avec noblesse, les Noirs lorsqu'ils étaient inférieurs, les Arabes lorsqu'ils étaient encore des bicots, il n'y a plus d'ouverture pour la générosité. Il n'y a plus moyen de s'ennoblir. S'il y avait l'esclavage, j'aurais épousé Mlle Dreyfus tout de suite, je me sentirais quelqu'un. Les seuls moments où je me sens quelqu'un, c'est lorsque je marche dans les rues de Paris avec Gros-Câlin sur mes épaules et que j'entends les remarques des gens : « Quelle horreur ! Mon Dieu, quelle sale tête ! Ça devrait pas être permis ! On n'a pas idée ! Ça mord sûrement, c'est dangereux, ça risque de s'infecter ! » Je marche fièrement la tête haute, je caresse mon bon vieux Gros-Câlin, mes yeux sont pleins de lumière, je m'affirme enfin, à l'extérieur, je me manifeste, je m'exprime, je m'extériorise.

— Pour qui il se prend, celui-là ?

— Ça doit être plein de maladies. Ma sœur avait une cuisinière algérienne et elle a attrapé des amibes.

— Pauvre type. Il doit vraiment pas avoir personne.

Évidemment, un python, ça ne suffit pas. Mais j'ai également l'ascenseur avec Mlle Dreyfus. Il s'est établi entre nous un lien discret et tendre, plein de pudeurs et de délicatesses — elle demeure toujours les yeux baissés, pendant le parcours, les cils palpitants, effarouchée et timide, à cause des gazelles — et chaque voyage que nous faisons ensemble nous rapproche davantage et nous fait la plus douce et la plus rassurante des promesses : celle de $2 = 1$.

Il ne me reste plus, pour faire le pas décisif, qu'à surmonter cet état d'absence de moi-même que je continue à éprouver. La sensation de ne pas être vraiment là. Plus exactement, d'être une sorte de prologomène. Ce mot s'applique exactement à mon état, dans « prologomène » il y a prologue à quelque chose ou à quelqu'un, ça donne de l'espoir. Ce sont des états d'esquisse, de rature, très pénibles, et lorsqu'ils s'emparent de moi, je me mets à courir en rond dans mon deux-pièces à la recherche d'une sortie, ce qui est d'autant plus affolant que les portes ne vous aident pas du tout. C'est au cours d'une de ces prises de conscience prénatales que j'ai écrit au professeur Lortat-Jacob, la lettre suivante :

Monsieur,

Dans un communiqué de l'Ordre des Médecins de France, signé de votre nom, vous avez parlé avec une juste sévérité de l'avortement et qualifié d' « avortoirs » les lieux où ces interruptions de naissance seraient pratiquées. Je me permets de vous informer, à titre personnel et confidentiel, que le caractère sacré à la vie dont vous vous réclamez, ainsi que le cardinal Marty, exige une possibilité d'accès à la naissance et à la vie, une impossibilité évidente que vous paraissez ignorer, dont vous ne faites aucune mention, et je me permets à ce titre de vous signaler l'histoire bien connue, survenue en 1931, et que l'on cache aujourd'hui à l'opinion publique. Je l'ai trouvée sur les quais dans une collection d'histoires dont l'auteur m'échappe. C'est en effet en 1931, ainsi que vous ne l'êtes pas sans ignorer, qu'eut lieu la première révolte des spermatozoïdes à Paris. Ils se réclamaient du droit sacré à la vie et en avaient assez d'être frustrés de leurs aspirations légitimes et de mourir étouffés à l'intérieur des capotes. Sous les ordres d'un guérillero spermatozoïde, ils se sont donc tous armés d'une hachette, afin de percer au bon moment les parois de caoutchouc et accéder à la naissance. Le moment venu, lorsque commença la grande ruée en avant, les spermatozoïdes levèrent tous leurs hachettes et leur chef fut le premier à abattre la sienne et à percer le caoutchouc pour accéder au monde et au caractère sacré de la vie qui les attendait dehors. Il y eut un moment de silence. Et alors, la grande masse de spermatozoïdes entendit son cri affolé : « Arrière ! C'est de la merde ! »

Veuillez agréer.

Je n'ai pas envoyé cette lettre. J'avais peur de ne pas recevoir de réponse, ce qui confirmerait mes pires soupçons. Peut-être qu'ils sont tous au courant et qu'ils font semblant et pseudo-pseudo. J'ai même voulu écrire une lettre au cardinal Marty, mais là, j'ai eu vraiment peur ; il était capable de me dire la vérité, lui. Que j'étais prénatal, prématuré et par voie urinaire. Comme ça, en plein dedans, genre moine-soldat, avec les consolations de l'Église.

La vérité est que je souffre de magma, de salle d'attente, et cela se traduit par un goût nostalgique pour divers objets de première nécessité, extincteurs rouge incendie, échelles, aspirateurs, clés universelles, tire-bouchons et rayons de soleil. Ce sont là des sous-produits de mon état latent de film non développé d'ailleurs sous-exposé. Vous remarquerez aussi l'absence de flèches directionnelles.

Je jetai donc la lettre à l'Ordre des Médecins dans le panier et me demandai si je n'allais pas écrire au contraire à la Ligue des Droits de l'Homme, astucieusement, pour me donner l'impression. Avec un accusé de réception, cela pouvait même servir de commencement de preuve.

Je tendais déjà la main vers mon stylo, mais c'est à ce moment précis, comme pour me rassurer, que le niveau de vie des Français a augmenté de dix pour cent par rapport à leur histoire, et par rapport à leur revenu brut, de sept pour cent. J'avais laissé la radio ouverte et c'est sorti d'un seul coup, dix et sept pour cent. Ça ne se discute pas, les chiffres. Je suis très impressionnable et j'ai immédiatement senti que je vivais mieux, de dix et sept pour cent. J'ai couru à la fenêtre et il me parut que les gens étaient plus vivants. J'ai eu une extraordinaire sensation de bien-être, j'ai pris Gros-Câlin et j'ai fait quelques pas de danse avec lui, en fredonnant. Dix et sept pour cent, c'est énorme. Les communistes doivent s'arracher les cheveux. J'ai toujours été contre les communistes. Je suis pour la liberté.

Ainsi donc, pour me dénouer harmonieusement et reprendre mon fil, mes collègues savent que je vis avec un python. Ils me donnent toutes sortes de conseils. Au service de la documentation, la bonne femme m'a même proposé de me faire inscrire au Club de l'Amitié; où ils se rencontrent deux fois par semaine, pour ce qu'elle a appelé en français « la thérapie en grappes ».

— Chacun raconte ses problèmes, on se libère, on en discute, on essaye non pas de les résoudre, bien sûr — il faut bien qu'il y ait une société — mais de vivre avec eux, d'apprendre à les tolérer, à leur sourire, en quelque sorte. On apprend à *transcender,* voilà.

Je ne voyais pas du tout comment Gros-Câlin pouvait transcender son problème, mais je lui ai dit que j'y réfléchirais.

C'était surtout le garçon de bureau et ses grosses moustaches démagogiques vieil-ouvrier-de-France qui m'énervait avec ses airs entendus et racoleurs, lorsqu'on se rencontrait dans les couloirs ou sur le palier. Il ne me disait rien, mais c'était tout comme, parce qu'il en avait plein les yeux, ça débordait. Un jeune mec de vingt-cinq ans qui fait dans le genre vieille France avec nappe en toile cirée à carreaux blancs, gros rouge, velours côtelé et imprimerie clandestine à l'intérieur, c'est fini, tout ça, ça a déjà été fait. Aujourd'hui, c'est dépassé, on trouve tout à la Samaritaine. Les bombes fabriquées chez soi, c'est plus la peine.

Il a un regard qui me met hors de moi, à cause de la prise du pouvoir. Des grands yeux bruns qui vous tombent dessus et si je ne savais pas qu'il avait les poches pleines de prospectus politiques, je l'aurais presque cru. Ça vit d'espoir, ces cons-là. Finalement, un jour, j'en ai eu marre et je lui dis :

— Écoutez, ça suffit comme ça, c'est pas la peine d'insister.

— J'ai rien dit.

— Non, mais c'est tout comme. Je vous informe qu'il n'y a rien à faire. Il faudrait une mutation biologique. Les mues, c'est du pareil au même, et même de plus en plus.

— Tu as essayé Lourdes?

J'en suis resté baba. Comment savait-il?

Oui, j'avais essayé Lourdes. J'y suis allé par le train, un vendredi, en cachant Gros-Câlin d'abord dans un sac spécial avec trous d'air, et une fois là-bas, sous mon manteau, enroulé autour de ma taille. Nous sommes restés une heure dans la grotte, après quoi, j'ai couru à l'hôtel, j'ai étendu mon python sur le lit et j'ai attendu. Rien. Il a tout de suite fait des nœuds, comme d'habitude. J'ai attendu plusieurs heures, à cause de la distance, puisque ça devait venir de très loin, très haut. Mais non, zéro pour la question. Il était là à se ressembler, écaille par écaille, aussi reptile qu'avant. Il n'a même pas fait une mue supplémentaire, par faveur spéciale. Je ne dis pas que Lourdes, ça ne vaut rien, c'est peut-être actif pour des états déficients légaux, paralytiques ou autres, reconnus d'utilité publique par l'Ordre des Médecins et la sécurité sociale. Je ne parle que de ce que je connais, moi. Tout ce que je sais, c'est que pour les états contre-nature pour causes naturelles, ça ne vaut rien.

Bien sûr, je ne lui ai pas dit tout ça, au garçon de bureau. C'est le genre de mec qui ne croit pas à l'impossible nul n'est tenu. Je le soupçonne même de ne pas croire à l'impossible.

— Parce que, si tu ne crois pas à l'action, peut-être crois-tu aux miracles?

— Ça ne vous regarde pas, ma philosophie, lui dis-je avec dignité. En tout cas, vous pouvez garder la Chine pour vous. Ils n'ont pas la liberté, là-bas.

Du coup, il pâlit. Je l'avais nettement touché au point sensible. Il est devenu tout blanc, entre la bouche et les yeux, il a serré les dents, et il a murmuré :

— Non, c'est pas vrai! C'est pas vrai! Ça se croit... Ça se croit libre! C'est le bouquet!

Et il est parti, comme ça, avec sous-entendu. Je suis rentré chez moi et j'ai fait une angoisse terrible, sans raison : ce sont les meilleures. Je veux dire, les angoisses prénatales sans aucune raison définie sont les plus profondes, les plus valables, les seules qui sont dans le vrai. Elles viennent du fond du problème.

Je puis en tout cas assurer l'amateur éclairé qui hésite encore à acquérir un python que je n'ai aucun drame d' « incommunicabilité » avec Gros-Câlin. Lorsqu'on est bien ensemble, on n'a aucun besoin de se mentir, de se rassurer. Je dirais même que l'on reconnaît le bonheur au silence. Lorsque la communion est vraie et entière, sans frimes, seul le silence peut l'exprimer. Mais aux personnes qui ne sont pas si exigeantes et qui attendent une réponse de l'extérieur, avec dialogue par voie vocale, je peux recommander M. Parisi, 20 bis rue des Enfants-Trouvés, au troisième à gauche.

J'avais fait appel à son art il y a quatre ans, alors que je n'avais pas encore fait ma prise de conscience et que Gros-Câlin n'était donc pas encore entré dans ma vie. Enfin, il était là, mais il prenait moins de place. J'étais déjà installé dans mon deux-pièces, avec mes meubles, des objets divers, des présences familières. Le fauteuil, surtout, m'est sympathique, avec son air décontracté, qui fume la pipe, en tweed anglais ; il semblait toujours se reposer après de longs voyages et on sentait qu'il avait beaucoup de choses à raconter. Moi j'ai toujours choisi mes fauteuils parmi les Anglais. Ce sont de grands globe-trotters. Je m'asseyais sur le lit en face de lui, je prenais une tasse de thé et j'aimais cette présence tranquille, confortable, qui déteste l'agitation. Le lit aussi est bien, il y a de la place pour deux, en se serrant un peu.

Les lits m'ont toujours posé des problèmes. S'ils sont étroits, pour une seule personne, ils vous foutent dehors, en quelque sorte, ils vous coupent vos efforts d'imagination. Ça fait I, sans ambages, sans ménagement. « T'es seul, mon vieux, et tu sais bien que tu le resteras. » Je préfère donc les lits à deux places, qui s'ouvrent sur l'avenir, mais c'est là que se présente l'autre côté du dilemme. Les dilemmes sont tous des peaux de cochon, soit dit en passant, j'en ai pas connu d'aimables. Car avec un lit pour deux chaque soir, et toute la journée samedi et dimanche, on se sent encore plus seul que dans un lit pour un, qui vous donne au moins une excuse d'être seul. La solitude du python à Paris vous apparaît alors dans toute sa mesure et se met à grandir et à grandir. Seul dans un lit pour deux, même avec un python enroulé autour de vous, c'est l'angoisse, malgré toutes les sirènes d'alarme, les police-secours, les voitures des pompiers, ambulances et états d'urgence, dehors, qui vous font croire que quelqu'un s'occupe de quelqu'un. Une personne livrée à elle-même sous les toits de Paris, c'est ce qu'on appelle les sévices sociaux. Lorsque cela m'arrivait, je m'habillais, je mettais mon manteau, qui a une présence chaleureuse avec manches, et j'allais me promener dans les rues en cherchant des amoureux dans les portes cochères. C'était avant la Tour Montparnasse.

J'ai fini quand même par acheter un lit à deux places, à cause de Mlle Dreyfus.

Je n'ai pas eu cette idée tout seul, c'était le

gouvernement de la France qui m'a encouragé, en parlant d'animation culturelle. C'était alors le grand mot, ça faisait des centres. Ce sont ces mots « animation culturelle » qui m'ont donné l'idée de faire parler les meubles, les objets et Gros-Câlin lui-même d'une voix humaine.

Bien sûr, il m'arrivait parfois, en rentrant à la maison, de m'adresser à haute voix au fauteuil, à la cafetière, à ma pipe, c'est un truc innocent que beaucoup de gens pratiquent, par hygiène mentale. C'est l'interpellation, l'interrogation que l'on lance à l'océan, à l'univers, ou à une paire de pantoufles, selon les goûts et la nature de chacun, mais ce n'est pas le dialogue. Ça répond pas, ça fait le flasque, sans écho, rien. Il n'y a pas de réponse. Il faut le dialogue. C'est justement là qu'intervient la réanimation culturelle.

M. Parisi habitait rue Monge, au quatrième à droite. J'avais obtenu son nom en écrivant au *Journal des Amis*. L'art du dialogue, des questions et des réponses, c'était ce que le journal encourageait.

Monsieur le Directeur,

Selon vos conseils-réponses aux lecteurs, je me suis appliqué à cultiver mon intérieur et à le rendre plus agréable. Je me suis entouré de meubles peu nombreux mais sympathiques et d'objets de même nature, afin de me sentir chez moi, suite à votre encouragement. J'avoue cependant que le sens de cette expression m'échappe, car je ne me sens même pas chez moi chez moi, mais chez quelqu'un qui n'est pas là non plus, ce qui crée bien sûr entre nous un lien fraternel d'absence réciproque mais rend la fréquentation difficile. Il est évident malgré cette contradiction, ce « nœud », comme diraient certains, que pour être vraiment chez soi, il faut être d'abord chez les autres, c'est pourquoi je vous écris à nouveau dans l'espoir d'un conseil. Quelles sont les possibilités de communication et de dialogue?

Veuillez croire.

Je reçus une réponse dans le numéro suivant. On me recommandait de m'adresser à M. Parisi, qui était « spécialisé dans ces cas-là ». La réponse parlait très flatteusement du dialogue et de ses bienfaits psychologiques et m'informait que M. Parisi était un ventriloque et que l'art de se rassurer et de dialoguer avec soi-même, avec l'environnement et même dans les cas désespérés, avec l'univers, n'avait pas de secret pour lui et que c'était une technique assez facile à acquérir, avec un peu de persévérance et d'application. Le journal indiquait même brièvement les noms de quelques grands poètes, penseurs et créateurs qui avaient dialogué ainsi avec l'univers et obtenu des réponses d'une grande portée artistique. Comme Malraux, Nietzsche, Camus, et j'en passe.

M. Parisi est un Italien de soixante-treize ans qui était autrefois célèbre sur les planches, avec un grand nez et une crinière blanche, qui avait pris sa retraite et donnait des leçons particulières pour aider les gens à recevoir des réponses et à se parler. Il a un œil vif, pénétrant et une très forte présence. Il n'a pas du tout l'air démographique, parce qu'il était né avant. On ne me croira pas lorsque je dirai qu'en 1812 la France n'avait que 20 millions d'habitants et était le premier pays du monde et qu'aujourd'hui elle en a cinquante millions et qu'elle est dans un état.

M. Parisi a des gestes larges faits pour révéler des

présences inattendues; ses mains semblent toujours sur le point de tirer le rideau pour montrer qu'il y a quelque chose derrière. Il ne le fait jamais, afin de ménager l'espoir. Il porte une longue pèlerine, des lunettes d'écaille noire, une cravate Lavallière et s'appuie sur une canne qu'il agite dans l'éloquence.

Il m'ouvrit la porte et m'éblouit tout de suite par son art. J'entendis en effet derrière son dos, venant de tous les côtés, des chants d'hyène, des rires d'oiseau, des roucoulements de pigeons et d'amour tendre, des cris de femme heureuse : « C'est le pied, c'est le pied! » un âne qui gueulait et un rugissement d'étudiant.

— C'est pour vous assurer que vous ne vous trompez pas d'étage, monsieur, me dit-il, en me serrant la main avec un fort accent italien, car il n'est pas de chez nous.

M. Parisi est un ventriloque très réputé. Depuis qu'il a quitté la scène, il enseigne l'art du dialogue, dans un but sociologique et humanitaire, m'expliqua-t-il, apprenant à nos semblables à formuler des interrogations et à recevoir les réponses et les apaisements nécessaires.

Il me fit entrer dans un salon propre et, tout de suite, il fit sonner le téléphone.

— C'est pour vous, me dit-il. Allez répondre.

— Mais...

— Allez-y, mon ami, répondez!

Je décrochai l'ustensile.

— Allo? fis-je prudemment.

— C'est toi, mon chéri? fit une voix de femme. C'est toi, mon amour? Tu as pensé un peu à moi?

J'avais la chair de poule. M. Parisi était à l'autre bout de la pièce, ça ne pouvait pas être lui, et puis, cette voix de femme, et même plus que ça : une voix féminine...

— Tu as pensé à moi, mon chéri?

Je me taisais. Évidemment que j'ai pensé à elle. Je n'ai fait que ça.

— Tu me manques, tu sais...

Dans un murmure. Très doux, à peine perceptible. C'était un téléphone d'une sensibilité extraordinaire.

— Allez-y, dit M. Parisi. Rassurez-la. Je sens qu'elle s'inquiète, elle a peur de vous perdre...

C'était maintenant ou jamais.

— Je t'aime, lui dis-je, tout blanc.

— Plus fort, me lança M. Parisi, en mettant la main sur son ventre. Là... Il faut que ça vienne du creux, là, que ça sorte...

— Je t'aime, hurlai-je, du creux et de peur.

— Ce n'est pas la peine de gueuler, dit M. Parisi. C'est la conviction qui compte. Il faut que vous y croyiez vous-même, c'est ça, l'art. Allez-y.

Je dis au téléphone :

— Je t'aime. Il m'est très difficile de vivre sans toi, tu peux pas savoir. Ça fait si longtemps que je suis là, au bout du fil... Ça a fini par s'accumuler à l'intérieur. J'ai accumulé un véritable stock américain — je veux dire un surplus — formidable, c'est pour toi...

Je parlai cinq bonnes minutes avec le téléphone et quand je me suis tu, il y eut un soupir et un baiser et puis le bruit du receveur qu'on raccroche.

Je me retrouvai seul avec M. Parisi, les genoux tremblants. Je n'ai pas l'habitude de l'exercice.

Il me dévisageait amicalement.

— Vous avez d'excellentes dispositions, me dit-il. Vous manquez un peu de confiance en vous-même, évidemment. Il faut exercer votre imagination, si vous voulez en recueillir les fruits. L'amour ne peut pas se passer d'échange, de petits billets doux que l'on s'adresse et se renvoie. L'amour est peut-être la plus belle forme du dialogue que l'homme a inventé pour se répondre à lui-même. Et c'est là justement que l'art du ventriloque a un rôle immense à jouer. Les grands ventriloques ont été avant tout des libérateurs : ils nous permettent de sortir de nos cachots solitaires et de fraterniser avec l'univers. C'est nous qui faisons parler le monde, la matière inanimée, c'est ce qu'on appelle la culture, qui fait parler le néant et le silence. La libération, tout est là. Je donne des leçons à Fresnes ; les prisonniers apprennent à faire parler les barreaux, les murs, à humaniser le monde. Philoloque a dit qu'une seule définition de l'homme est possible : l'homme est une déclaration d'intention, et j'ajouterais qu'il faut qu'elle soit faite hors du contexte. Je reçois ici toutes sortes de muets intérieurs pour causes extérieures, pour cause de contexte, et je les aide à se libérer. Tous mes clients cachent honteusement une voix secrète, car ils savent que la société se défend. Par exemple, elle ferme les bordels, pour fermer les yeux. C'est ce qu'on appelle morale, bonnes mœurs et suppression de la prostitution par voies urinaires, afin que la prostitution authentique et noble, celle qui ne se sert pas du cul mais des principes, des idées, du parlement, de la grandeur, de l'espoir, du peuple, puisse continuer par des voies officielles. Il vient donc un moment où vous n'en pouvez plus et où vous êtes dévoré par le besoin de vérité et d'authenticité, de poser des questions et de recevoir des réponses, bref, de communiquer — de communiquer avec tout, avec *le* tout, et c'est là qu'il convient de faire appel à l'art. C'est là que le ventriloque entre en jeu et rend la création possible. Je suis reconnu d'utilité publique par monsieur

Marcellin, notre ancien Ministre de l'Intérieur, et monsieur Druon, notre ancien Ministre de la Culture et j'ai reçu l'autorisation d'exercer de l'Ordre des Médecins, car il n'y a aucun risque. Tout demeure comme avant, mais on se sent mieux. Vous vivez seul, naturellement?

Je lui dis que j'avais un python.

— Oui, Paris est une très grande ville, dit M. Parisi, en se promenant dans son petit salon propret, avec parquet bien ciré.

J'ai oublié de noter, par souci d'observation, car tout peut avoir une importance secrète inconnue de nous, avec espoir, qu'il portait une longue écharpe de soie blanche autour du cou et un chapeau sur la tête même chez lui, pour ne pas se découvrir devant rien ni personne et proclamer son indépendance et son refus de s'incliner. Je pense qu'il restait ainsi couvert face à l'état existant, parce qu'il attendait, pour se découvrir devant elles, les vraies valeurs. (Cf. : Bourgeau, *L'Irrespect ou la position d'attente debout*, ouvrage d'éthologie en trois volumes mais déjà épuisé, comme son titre l'explique.)

— C'est vingt francs la leçon. Les cours ont lieu en groupe...

— Ah non! dis-je, effrayé à cette idée de payer pour les autres, car en payant on trouve toujours quelqu'un.

— Vous n'avez pas à vous en faire, car ce sont tous eux aussi des mutilés de guerre...

— Des mutilés de guerre, pardon?

— C'est une façon de parler. Quand on parle de mutilés, on pense toujours à la guerre, mais on s'en passe très bien. Je ne peux pas vous traiter individuellement, la présence des autres étant

95

indispensable pour le peu à peu et l'encouragement. Cela fait partie du traitement.

— Quel traitement? Je ne veux pas être traité.
J'ai déjà été assez traité comme ça.

— Écoutez, laissez-moi faire et je vous garantis
qu'au bout de six semaines vous ferez parler votre
serpent.

— C'est un python, dis-je.

— Mais les pythons sont des serpents, il me
semble?

Je n'aime pas qu'on traite Gros-Câlin de serpent,
je suis contre les amalgames.

— Le mot « serpent » est chez nous légèrement
péjoratif, dis-je.

— Chez nous? répéta M. Parisi.

Il me jeta un coup d'œil. Il avait un de ces vieux
regards d'Italien qui connaît son monde. C'est un
regard gourmand qui vous couve pour mieux vous
gober.

— Bien sûr, bien sûr. Je comprends. Chacun de
nous a des problèmes d'identité. On se cherche, on
se cherche. Ici et là. Il y a même une chanson
napolitaine comme ça, *ici et là, tra là là là...* Je
traduis, naturellement; en italien, c'est beaucoup
plus fort. Il faut se recycler ailleurs. Chacun de
nous éprouve parfois des difficultés à se recycler
dans une espèce avec laquelle ses rapports semblent
parfois purement fonctionnels.

Il rampait de long en large sur le parquet ciré,
avec son chapeau sur la tête haute par fierté, pour
montrer qu'il ne se découvrait encore devant rien
ni personne. Ses mouvements étaient aisés, car il
avait de la souplesse italienne, malgré son âge. Je
commençais à le voir sous un aspect sympathique.

— Venez demain, si vous voulez bien.

Le lendemain, il me présenta à ses autres élèves. J'avoue que ces contacts me furent difficiles et je ne pus me garder d'une certaine froideur et même d'un peu d'hostilité à leur égard, car ces gens s'imaginaient sans doute que j'étais venu là poussé par la solitude et parce qu'il n'y avait personne à qui parler dans ma vie, ce qui était leur cas. Mais j'avais Mlle Dreyfus et si rien de définitif n'était encore intervenu entre nous, c'était simplement parce que nous attendions de mieux nous connaître. Mlle Dreyfus, comme beaucoup de jeunes africaines, est très craintive et vite effarouchée, à cause des biches. Et il y avait toujours d'autres voyageurs sur ce trajet.

Ce qu'il nous fallait, c'était une panne d'ascenseur.

L'autre nuit, j'avais rêvé que l'ascenseur était tombé en panne entre deux étages, on n'arrivait pas à le remettre en marche. Ç'aurait été parfait, malheureusement, Mlle Dreyfus n'était pas montée dans l'ascenseur, ce jour-là, j'étais seul, absolument seul et coincé entre les étages, c'était un cauchemar, comme cela arrive souvent avec les rêves. J'appuyais sur tous les boutons marqués « appel » et

« secours », mais ça ne répondait pas. Je me suis réveillé avec une angoisse terrible, j'ai pris Gros-Câlin sur mes genoux, il a levé la tête et m'a regardé avec cette extraordinaire expression d'indifférence qu'il manifeste pour me calmer, lorsque je suis en proie à l'affectivité, une indifférence totale, comme pour me dire qu'il est là, auprès de moi, solide au poste, que tout est comme d'habitude.

Il y avait là un monsieur Dunoyer-Duchesne, un épicier qui recevait son beurre directement de Normandie et me le fit savoir immédiatement comme pour éviter toute source de malentendu entre nous. Je ne sais pourquoi il me l'avait dit avec tant de fermeté, en me serrant la main et en me regardant fixement dans les yeux : « Dunoyer-Duchesne. Je fais venir mon beurre directement de Normandie. » J'y ai pensé pendant plusieurs jours, c'était peut-être un franc-maçon. Il paraît que les francs-maçons ont quelque chose en commun qu'ils échangent entre eux avec fraternité par signes et par propos à clé, qui ont un sens. Ou peut-être n'avait-il aucun autre signe distinctif auquel on aurait pu le reconnaître et voulait néanmoins me faire sentir qu'il n'était pas n'importe qui. Il y a des gens qui ont du mal à sortir. Je l'ai mis tout de suite à l'aise :

— Cousin. J'élève un python.

Parfois des personnes qui ne se connaissent pas dans un compartiment de chemin de fer se disent tout, sans aucune retenue. Comme elles ne se connaissent pas, elles n'ont aucune raison d'avoir peur.

Il y avait là monsieur Burak, qui était dentiste mais qui aurait voulu être chef d'orchestre. C'est ce qu'il me dit, alors que je venais à peine de m'asseoir sur une chaise à côté de lui, sous l'œil de monsieur Parisi qui arpentait le parquet, après que nous nous eûmes serré la main.

— Burak, Polonais, dit-il. Je suis dentiste mais je voulais être chef d'orchestre.

Comme j'étais encore sous l'effet de cette affaire de beurre de Normandie qui venait de se produire, je fus un instant affolé. Il y a des gens qui vous font tout de suite des confidences, en catastrophe, pour gagner désespérément votre amitié, et se lier à vous en vous donnant des marques de confiance. C'est une méthode psychologique. Je crois que je fus à la hauteur. Il faut dire que je le comprenais. Moi aussi j'aurais voulu être quelqu'un d'autre, j'aurais voulu être moi-même. Il y a des cas. Peut-être qu'il entendait une musique intérieure formidable, avec caisses, violons et percussions et il voulait la faire écouter au monde entier dans un but de générosité, mais il faut un public, des amateurs, de l'attention, et des moyens d'expression, les gens n'aiment pas s'habiller et se déranger pour rien. C'est ce qu'on appelle, justement, de concert. La musique à l'intérieur est une chose qui a besoin d'aide extérieure, sans quoi elle fait un bruit infernal parce que personne ne l'entend. Il tenait ma main dans la sienne, un grand homme chauve et un nez avec grosse moustache, il était dentiste dans la vie, soixante ans au bas mot, et pour un chef d'orchestre qui est encore dentiste, c'est beaucoup.

— Burak, Polonais. Je suis dentiste mais je voulais être chef d'orchestre.

— Personne ne vous comprend mieux que moi, lui dis-je, j'ai passé toute ma vie chez les putes, alors, vous pensez.

Monsieur Burak retira sa main et me regarda d'une façon, oui, d'une façon, il n'y a pas d'autre mot. Il écarta même légèrement sa chaise.

...ant, tout ce que j'avais voulu dire, c'est que ... aussi j'aurais voulu être.

...l y a d'ailleurs dans l'expression « nos semblables » une affreuse part de vérité.

J'ai même regardé dans le dictionnaire, mais il y avait une faute d'impression, une fausse impression qu'ils avaient là. C'était marqué : être, *exister*. Il ne faut pas se fier aux dictionnaires, parce qu'ils sont faits exprès pour vous. C'est le prêt-à-porter, pour aller avec l'environnement. Le jour où on en sortira, on verra qu'*être* sous-entend et signifie être aimé. C'est la même chose. Mais ils s'en gardent bien. J'ai même regardé à *naissance,* mais ils s'en gardaient bien là aussi.

J'étonnerai en disant que la Cordillère des Andes doit être très belle. Mais je le dis hors de propos pour montrer que je suis libre. Je tiens à ma liberté par-dessus tout.

Je dois noter ici qu'aujourd'hui Gros-Câlin a commencé une nouvelle mue.

C'est un événement profondément optimiste dans la vie d'un python, le renouveau, Pâques, Yom Kippour, l'espoir, des promesses. Ma longue observation et connaissance des pythons m'a permis de conclure que la mue représente dans leur nature le moment émouvant entre tous où ils se sentent sur le point d'accéder à une vie nouvelle, avec garantie d'authenticité. C'est leur humanisme. Tous les observateurs des pythons — je ne citerai que les professeurs Grüntag et Kunitz — savent que la mue éveille chez ces sympathiques reptiles l'espoir d'accéder à un tout autre règne animal, à une espèce à pleins poumons, évoluée.

Mais ils se retrouvent toujours du pareil au même. C'est leur promotion sociale, avec récupération des sous-produits de la mue pour remise en circulation, économie et plein emploi.

Je ratai deux cours pendant la mue de Gros-Câlin, je suis resté à ses côtés, pour lui tenir la main au figuré, c'est bon pour le moral. Je sais bien qu'il va se retrouver dans son état antérieur de tronçon, par sa forme générale, mais lorsqu'une femme va accoucher avec promesse de naissance et que son responsable lui tient la main, il faut manifester de l'espoir.

J'avoue même qu'il m'arrive parfois de me déshabiller pour m'examiner entièrement, des pieds à la tête, et j'ai découvert un matin sur ma cuisse une espèce de tache rougeâtre, mais elle disparut dans la journée.

Il y avait encore au cours monsieur Achille Durs, un homme un peu voûté, âgé d'une cinquantaine d'années qui, déployé, devait faire dans les un mètre quatre-vingts et quelques. Il me dit qu'il avait été chef de rayon à la Samaritaine pendant vingt ans, mais était passé au Bon Marché. Je n'ai pas demandé pourquoi, ce sont là des problèmes de conscience, il m'en informa avec fierté et c'est vrai qu'il faut beaucoup de courage pour changer de vie, à un âge où d'autres n'osent même plus y penser. Nous nous serrâmes la main et ne trouvâmes immédiatement rien à nous dire, ce qui établit entre nous une complicité sympathique.

L'exercice d'animation, ainsi que tout le monde sait qui s'y intéresse, consiste à faire parler une poupée que monsieur Parisi plaçait de plus en plus loin, tantôt à gauche, tantôt à droite, tantôt au fond, tantôt en haut, de façon non seulement à nous apprendre à lui donner une apparence d'existence en lui prêtant notre voix, mais surtout pour nous forcer à nous ouvrir et à nous donner vraiment, à libérer notre fort intérieur par voie buccale. Il fallait projeter notre voix, en la situant de façon à ce qu'elle semble nous répondre et revenir vers nous de l'extérieur, car tout dans cet art a pour but d'arracher des réponses au Sphinx, en quelque sorte.

La poupée était un des mannequins dont monsieur Parisi s'était servi dans sa carrière artistique. Le mannequin avait un air renseigné, content de lui et supérieur. Il était évidemment complètement inanimé, ce qui lui donnait une présence très forte et réaliste. Parfois monsieur Parisi lui mettait un cigare entre les dents, pour accentuer. Il portait un smoking comme si c'était tous les jours le gala. Nous étions assis sur des chaises dispersées en demi-cercle autour de lui et il fallait évidemment parler pour le mannequin et pour vous-même, afin qu'il y eût un vrai dialogue. Je rappelle ici qu'au début il y eut le Verbe, parce que c'est encourageant et prometteur. Il fallait également, bien sûr, que notre voix, lorsqu'elle nous revenait sous forme d'échange, fût complètement différente, afin d'être convaincante. Monsieur Parisi insistait toujours sur ce point.

— N'oubliez pas, messieurs, que l'art du ventriloque et même l'art tout court, est avant tout dans la *réponse*. C'est, dans le sens propre, ce qu'on appelle une création. Il faut rétablir vos liens afin de vous perfectionner, sortir du matériau, du magma, et de vous récupérer sous forme de produit fini.

Il allait et venait dans son salon propret, sur le parquet bien ciré, avec sa crinière blanche et ses lunettes d'écaille.

— Regardez cet objet. C'est le néant. Un mannequin, qui a sur le visage une expression de scepticisme, de cynisme même. Un machin inanimé, fait pour durer. Eh bien, vous allez le faire parler d'une voix humaine, messieurs. Vous allez même lui faire dire des mots d'amour, sans appuyer nulle part, sur aucun bouton secret, par vos propres moyens. Après le mannequin, nous passerons à ce vase de fleurs, cette table, ces

103

rideaux. Et peu à peu, avec de la pratique, et de l'habileté, vous arriverez à faire parler le monde et à vous mouvoir parmi des murmures fraternels. Vous parviendrez alors à vivre seuls très confortablement, sans manquer de rien, à vous suffire, et avec beaucoup moins de risques et aussi plus économiquement que si vous vous lanciez dans des aventures, où l'on est très souvent déçu, blessé et où l'on est obligé de se contenter de souffrir, sans plus. Monsieur Burak, allez-y.

Le Polonais rougit légèrement.

— Qu'est-ce que tu as fait de ta vie, Burak? demanda la poupée. Des travaux dentaires, voilà ce que tu en as fait!

— Monsieur Burak, je vous ai déjà dit que l'exercice consiste à vous éloigner de vous-même de cinq mètres et à vous situer *dans* l'autre. Vous n'arriverez pas à vous créer un environnement humain, sympathique, propice, philosophique et encourageant, si vous refusez de sortir. D'une façon générale, messieurs, évitez de cuire dans votre propre jus. Prenez dès maintenant l'habitude de cuire dans le jus des autres, ça fait moins mal. Chacun de vous est entouré de millions de gens, c'est la solitude. Cessez un peu de penser à vous-même. Pensez à eux, à toutes les difficultés qu'ils ont pour vivre, vous vous sentirez mieux. On ne peut pas se passer de fraternité, pour vivre mieux.

Il faisait, bien sûr, dire tout ça par la poupée, avec son air cynique qui remuait le cigare en parlant, et on riait tous, c'était le spectacle. Il faut minimiser, c'est important. La minimisation, c'est indispensable, pour mettre à l'échelle humaine, c'est le stoïcisme.

— « Si vous n'apprenez pas à vous faire chérir par vos propres moyens, vous finirez tous aux objets perdus », rappelez-vous ces mots du grand O'Higgins qui pouvait faire parler une cathédrale vide de cinquante voix différentes et qui est mort tragiquement d'une extinction de voix.

Je rappelle à titre de mémoire que monsieur Parisi portait toujours autour du cou une longue écharpe de soie blanche pour empêcher les mouvements de sa pomme d'Adam, lorsqu'il faisait semblant de ne pas parler, et que même chez lui, il n'ôtait jamais son chapeau, la tête haute, pour montrer qu'il ne se découvrait devant rien ni personne.

Au début, je n'avais pas encore compris que le *Journal des Amis* avait mal lu le besoin que je leur notifiais dans ma lettre et qu'ils m'avaient recommandé monsieur Parisi de travers, parce qu'il aidait les personnes par sa méthode à se faire des amis parmi les chaises, les pantoufles et les objets de première nécessité avant d'en venir aux autres, qui posent la question de distance. Ce n'est pas mon cas. Je voulais faire parler Gros-Câlin, parce que je m'amusais parfois à lui adresser la parole et qu'il est normal de se marrer ensemble. Je n'avais aucune illusion de faire parler un python d'une voix humaine, c'était pour faire semblant pseudo-pseudo, comme tous et chacun. C'était dans un but d'animation strictement récréatif. Dès que j'eus compris que monsieur Parisi faisait partie de la sécurité sociale, sa méthode étant reconnue d'utilité publique, et que ses soins étaient très recherchés dans l'agglomération parisienne par un grand nombre de personnes, féminin singulier, je cessai d'assister à ces exercices. Je n'avais pas besoin d'être soigné. Tout ce que je voulais, c'était de faire parler mon python d'une voix humaine, pour lui faire illusion.

Au *Ramsès,* il y a un client, monsieur Jobert, qui m'a entretenu une fois de son psychanalyste au comptoir. C'est une méthode très utile.

— Vous comprenez, il est obligé de vous écouter, il est payé pour ça. Vous le faites asseoir dans son fauteuil, vous le forcez à prendre un bloc et un crayon et à noter ce que vous dites, et il est obligé de s'intéresser à vous, c'est son rôle social, dans la société d'abondance.

Mais au début, je ne manquais pas un cours et je pouvais déjà me faire dire dans le métro des choses polies et agréables.

— Monsieur Durs, à vous. Dites-nous dans quel but vous voulez devenir ventriloque.

— Pour susciter l'intérêt, me faire remarquer. Au Bon Marché, je vois défiler mille personnes par jour qui ne cherchent que de la marchandise, des choses, quoi. En un an, ça fait trois cent mille personnes qui passent à côté, en huit ans, dans les dix millions... Encore, les vendeurs, vous comprenez, établissent des rapports humains, les clients s'adressent à eux, il y a quelque chose, un contact humain, mais à mon échelon... A la Samaritaine, en vingt-cinq ans, j'ai vu passer à côté de moi plusieurs fois toute la population de la France. On croirait que... Mais non. Rien.

— Rien? fit la poupée.

— Rien. Personne.

— C'est moche, dit la poupée. Vous n'auriez pas pu tirer quelqu'un par la manche?

— Pour lui dire quoi? Ce sont des choses qui ne se disent pas.

— C'est la société d'abondance qui fait ça, dis-je. L'expansion. C'est ce qu'on appelle la politique de plein emploi.

... veut dire quoi? demanda la poupée, ayant perdu la première syllabe, par suite de l'émotion.

— La politique de plein emploi, ça veut dire que chacun est employé, comme son nom l'indique.

J'ai essayé de rire, mais la poupée m'a mal reçu et il y eut une sorte de râle expiatoire. Expiratoire.

— Plus fort, plus fort! dit monsieur Parisi. Donnez tout! Extériorisez. Que ça sorte des tripes, même si ça doit saigner un peu. C'est là qu'elle se trouve, votre vraie voix. Dans les tripes, là où c'est bloqué. Au-dessus, c'est seulement des vocalises. Faites parler la viande. Videz-vous, expirez. L'expiration, tout est là. La vie, c'est l'art d'expirer. Ça pourrit, à l'intérieur, ça s'accumule, ça stagne, ça croupit, ça meurt. En avant, toute. Et ne vous sentez pas ridicules. C'est la poupée qui sera ridicule, elle est là pour ça. Allez-y!

— Je veux dire qu'on ne peut pas exister sans quelqu'un ou quelque chose, dit la poupée. On ne peut pas exister sans être aimé.

— Vous avez remué les lèvres, monsieur Durs, mais ça ne fait rien. Continuez.

— La vérité est que je ne peux plus me supporter. Je manque de quelqu'un, il me manque quelqu'un...

— Les voix d'accès, dis-je. Les *voix* d'accès, avec X, par les boulevards périphériques.

— Au Bon Marché, c'est tout à fait ça. On ne sait plus si ce sont les objets en circulation ou les autres.

— Il y a surabondance de biens affectifs en non-circulation, dit la poupée. Des bouchons terribles, là, dans la gorge. On voudrait à la fin que ça explose, n'est-ce pas? Il y a des gaz d'échappement culturels, évidemment, mais on ne peut pas tout demander à la télévision, elle ne peut pas boucher tous les trous à la fois. A l'impossible...

— C'est bien, monsieur Cousin, extériorisez. Monsieur Durs, continuez.

— A la Samaritaine...

— On trouve tout à la Samaritaine! cria la poupée et elle éclata d'un rire bien français et même politique, car il y avait déjà une Europe unie dans cet effort.

— Oui, les objets en circulation, dit monsieur Durs, c'est-à-dire, qui couvrent tous les étalages. Je rentre chez moi avec tous les autres usagés par le métro, à sept heures moins le quart, heure de pointe. Le plein emploi, comme vous dites, c'est surtout aux heures de pointe que ça se voit chez les usagés du métro et des trains de banlieue.

— Je vis avec un python pour les mêmes raisons de société d'abondance démographique, dis-je. Je me permets de parler de mon python, à propos du métro et des trains de banlieue... Ce que dit monsieur Durs est très juste. Avec un python, vous rentrez chez vous, et vous avez l'impression de voir *quelqu'un.*

— Très bien, monsieur Cousin, dit monsieur Parisi. N'hésitez pas à nous faire voir votre python.

— Je l'ai supporté jusqu'à présent, dit monsieur Durs, j'ai tenu bon, parce que j'avais de l'espoir, mais à cinquante-sept ans, après quarante ans de plein emploi et même de plus en plus...

— Excellent, messieurs, dit monsieur Parisi. Vous êtes en progrès. Monsieur Burak, s'il vous plaît. Ce cendrier, là-bas, à votre gauche. Animez-le, venez à son secours...

— Je ne vois pas ce que je viens faire là-dedans, dit le cendrier.

— Nous non plus, lui répondit monsieur Burak,

108

et il rougit de plaisir, car il avait réussi à faire le cendrier sans remuer les lèvres.

— Monsieur Cousin, vous ne nous donnez plus rien?

— C'est l'égoïsme sacré qui manque. Tenez, il y a un certain monsieur Jalko, que je rencontre dans mon café. On ne se dit rien, en général, mais amicalement. Un jour, il m'a regardé, il a dû voir quelque chose dans mes yeux, une lumière. Alors, il s'est approché de moi et il m'a dit : « Vous pouvez me prêter quatre cents francs? » Il m'a tendu la main, quoi. Heureusement que je les avais, les quatre cents francs. Maintenant je fais très attention, quand je le vois. Je l'évite. Dès que je l'aperçois sur le trottoir, je traverse. J'ai peur qu'il me les rende. Mais pour l'instant, ça reste entre nous. Il faut faire des efforts.

— Je vous signale d'ailleurs que l'État fait malgré tout quelque chose, dit la poupée. Les mutilés ont droit à des places gratuites.

— D'ailleurs, en ce qui me concerne, je vais bientôt me marier, leur annonçai-je dans un coup de théâtre, en croisant mes bras. Nous prenons le même ascenseur depuis des mois. C'est une jeune fille très romantique et idéaliste, avec l'imagination féerique qu'ils ont là-bas aux îles et vous savez ce que c'est, on a toujours un peu peur de ne pas être à la hauteur. Dans l'ascenseur, ça ne dure que deux, trois minutes, on n'a pas le temps de décevoir, on peut soutenir une réputation. Je ne parle pas de la mienne, je parle de celle de l'amour. Deux ou trois minutes dans un ascenseur rapide — et tout demeure intact. Mais je ne suis pas du tout d'accord avec notre garçon de bureau qui ne croit plus à rien et même pis que ça : qui croit à autre chose. Il ne faut pas jouer à pile ou face avec la vie des gens, avec leurs moyens d'existence. Il y a un grand Français qui a eu une phrase géniale : « Il faut prendre son mal en patience. » Il est certain que si nos pères n'avaient pas eu de patience, on n'y serait pas arrivés. Je parle du revenu national brut, avec tête d'habitant.

— Monsieur Brocard, à vous.

— L'amitié a joué un rôle énorme, décisif dans ma vie, car c'est incontestablement ce qui vous manque le plus qui vous joue des tours...

Monsieur Brocard était un homme maigre et bien conservé, dans la force de l'usage, qui paraissait très-au-dessus-de-ça. Vous voyez ce que je veux dire? Il y a des gens qui ont cet air offensé, indigné d'être eux-mêmes, et condamnés à tous les frais de cette injustice. C'est pourquoi, sans le dire à personne, dans mon fort intérieur, où je ne dois rien à personne et où je ne paye pas d'impôts, je l'appelais Brocard-à-perpétuité. J'éprouvai de la sympathie pour lui et une fois, je suis allé lui serrer la main, et je lui dis avec esprit :

— Qu'est-ce que vous voulez, tout le monde ne peut être réséda ou Condor royal des Andes.

Je pense souvent au Condor royal des Andes, à cause de Gros-Câlin, qui en rêve la nuit, à cause des ailes.

Il parut très étonné et plus tard je l'entendis dire à monsieur Parisi :

— Ce monsieur Cousin est un fouille-merde. Il devrait s'occuper de lui-même.

C'était bien dommage, car j'avais l'impression que nous allions devenir amis avec quelqu'un. C'est nerveux, l'angoisse, le manque d'habitude.

A propos de ce propos, j'indique à titre comme ça, sans aucune obligation, qu'en Floride, selon un journal récent, les moucherons arrêtent la circula-

110

tion sur les routes parce qu'ils viennent s'écraser par millions sur les pare-brise des voitures qui les surprennent en pleine danse nuptiale. Les camions sont même obligés de s'arrêter parce que leurs pare-brise sont couverts de millions de minuscules amours. Les conducteurs des camions ne voient plus rien, ils sont éblouis, aveuglés. J'ai été bouleversé par la quantité d'amour que cela représente. J'ai rêvé toute la nuit d'un vol nuptial avec Mlle Dreyfus. Vers minuit, je me suis réveillé et après, j'ai essayé de rattraper mon rêve, mais je n'ai rêvé que de camions.

Je ne suis donc plus retourné au cours de monsieur Parisi. Pas à cause des moucherons, car cela n'a aucun rapport, mais parce que j'ai compris que le *Journal des Amis* s'était trompé et qu'ils m'avaient envoyé chez un ajusteur. Je ne veux pas être ajusté à l'environnement, je veux que l'environnement soit ajusté à nous. Je dis « nous » à titre de pluriel, car je me sens parfois très seul.

Ils ont cru que je souffre seulement de manque extérieur, alors que je souffre aussi d'excédent intérieur. Il y a surplus avec absence de débouchés. Je me suis même demandé si monsieur Parisi n'est pas un employé de l'Ordre des Médecins, un membre d'ailleurs artificiel, à cause de ce communiqué signé du professeur Lortat-Jacob, Président de l'Ordre, sur les avortoirs. Monsieur Parisi est en somme dans les prothèses, et c'est très bien, à cause des mutilés et des amputés. Il a une mission culturelle à remplir. L'art, la musique, la réanimation culturelle, c'est très bien. Il en faut. Les prothèses, c'est important. Ça permet de s'ajuster, de s'insérer et ça fait partie de la politique d'utilité publique et de l'état de marche. Mais c'est malgré tout autre chose, surtout quand on pense aux

112

tonnes et aux tonnes d'amour qui viennent s'écraser sur les pare-brise des camions en Californie. Ça existe dans la nature. J'ai renoncé également à faire parler Gros-Câlin d'une voix humaine pour ne pas le démystifier. Le truquage, il y en a marre. J'ai parfois l'impression que l'on vit dans un film doublé et que tout le monde remue les lèvres mais ça ne correspond pas aux paroles. On est tous post-synchronisés et parfois c'est très bien fait, on croit que c'est naturel.

Je venais d'ailleurs de faire à ce moment-là une rencontre importante, celle du professeur Tsourès. Il habite au-dessus de moi avec terrasse. C'est une sommité humanitaire. Selon les journaux, il a signé l'an dernier soixante-douze protestations, appels au secours et manifestes d'intellectuels. J'ai d'ailleurs remarqué que ce sont toujours les intellectuels qui signent, comme si les autres, ça n'avait pas de nom. Il y avait un peu de tout, des génocides, des famines, des oppressions. C'est une sorte de guide Michelin moral, avec trois étoiles qui sont décernées par le professeur Tsourès, quand il y a sa signature. C'est au point que lorsqu'on massacre ou qu'on persécute quelque part mais que le professeur Tsourès ne signe pas, je m'en fous, je sais que ce n'est pas garanti. Il me faut sa signature au bas pour me rassurer, comme pour un expert en tableaux. Il faut qu'il authentifie. Il paraît que c'est plein de faux dans l'art, même au Louvre.

On comprend donc que dans ces conditions et en raison de tout ce qu'il a fait pour les victimes, je me sois présenté. Discrètement, bien sûr, pour ne pas avoir l'air de vouloir m'imposer à son attention, me faire remarquer. Je me suis mis à attendre le

114

professeur Tsourès devant sa porte, en lui souriant d'un air encourageant, mais sans insister. Au début, il me saluait au passage, en soulevant légèrement son chapeau, à cause du bon voisinage. Mais comme il continuait à me trouver sur son palier, le salut devint de plus en plus sec, et puis, il ne me salua plus du tout, il passait à côté, d'un air irrité, regardant droit devant lui. Évidemment, je n'étais pas un massacre. Et même si je l'étais, ça ne se voyait pas de l'extérieur. Je n'étais pas à l'échelle mondiale, j'étais un emmerdeur démographique, du genre qui se prend pour. C'était un homme à cheveux gris qui était habitué à la torture en Algérie, au napalm au Vietnam, à la famine en Afrique, je n'étais pas à l'échelle. Je ne dis pas que je ne l'intéressais pas, qu'avec mes membres extérieurs intacts, je n'étais pas quantité négligeable à ses yeux, mais il avait ses priorités. Je ne faisais pas le poids de malheur, j'étais strictement zéro, alors qu'il était riche d'amour et avait l'habitude de compter par millions, en somme il était lui aussi dans les statistiques. Il y a des gens qui saignent seulement à partir d'un million. C'est l'embarras des richesses. J'ai pleinement conscience d'être une chiure de mouche et une retombée démographique sans intérêt général, et que je ne figure pas au générique, à cause du cinéma. C'est pourquoi je commençais à venir sur le palier avec un petit bouquet de fleurs à la main, pour sortir de l'ordinaire. Ce fut avec résultats, mais alors je m'aperçus que je lui faisais un peu peur, à cause de ma persistance individuelle, malgré tout l'effacement dont j'avais été l'objet. Mais je persistais avec ce qu'on appelle chez les auteurs le courage du désespoir et avec un sourire engageant.

Il faut dire que c'était un mauvais moment dans

ma vie. Gros-Câlin traversait une de ses longues périodes d'inertie, Mlle Dreyfus était en congé sans prévenir, la population de Paris avait encore augmenté. J'avais une envie terrible d'être remarqué par le professeur Tsourès, comme si j'étais un massacre, moi aussi, un crime contre l'humanité. Je rêvais qu'il m'invitait chez lui, on devenait amis, et après le dessert, il me parlait de toutes les autres horreurs qu'il avait connues, pour que je me sente moins seul. La démocratie peut être d'un grand secours.

Le professeur Tsourès prenait ainsi pour moi de plus en plus d'importance, j'étais content de l'avoir au-dessus. C'est un bel homme, aux traits sévères mais justes, avec une barbiche grise très soignée. Il suffisait de le voir pour éprouver le respect dans lequel le gouvernement tient à notre disposition des personnages illustres de l'histoire pour nous rappeler que nous sommes quelqu'un.

On se fréquentait déjà ainsi sur le palier depuis des semaines, mon cercle d'amis s'élargissait. Je lui avais préparé le fauteuil velours champagne dans mon salon, et je l'imaginais assis dedans, me parlant de naissance avec vie, et comment on peut y arriver et comment empêcher les dizaines de millions d'avortements qui ne sont pas pratiqués, si bien que les prénaturés viennent au monde sans que soit respecté leur droit sacré à la vie. Je me suis mis à lire les journaux avec attention pour trouver des sujets de conversation, à défaut d'autre chose. Il ne m'adressait toujours pas la parole mais c'était un peu parce qu'on se connaissait depuis si longtemps qu'on n'avait plus rien à se dire. Càr ce serait un tort de croire que le professeur Tsourès ne s'intéressait absolument pas à moi parce que je n'étais pas un massacre connu ou une persécution

116

de la liberté d'expression en Russie soviétique. Il était tout simplement préoccupé par des problèmes d'envergure et ce n'est pas parce que j'avais chez moi un python de deux mètres vingt que j'avais droit de me considérer. D'ailleurs, je n'attendais nullement qu'il mette son bras autour de mes épaules, en me jetant un de ces « ça va? » qui permettent aux gens de se désintéresser de vous en deux mots et de vaquer à eux-mêmes.

Je crois bien que je l'ai fréquenté ainsi pendant des mois et il s'est montré d'une délicatesse extraordinaire. Jamais il ne m'a demandé ce que je faisais là, devant sa porte, ce que je voulais, qui j'étais. Je note ici entre parenthèses et sans aucun rapport direct avec le corps du sujet, mais par souci de sa forme et de sa démarche, que les pythons ne sont pas vraiment une espèce animale, c'est une prise de conscience.

Lorsque les gens passent à côté de vous sans un regard, ce n'est pas en raison d'inexistence, mais à cause des agressions à main armée dans la banlieue parisienne. D'ailleurs, je n'ai pas du tout l'air d'un Algérien.

Je sais également qu'il existe des amours réciproques, mais je ne prétends pas au luxe. Quelqu'un à aimer, c'est de première nécessité.

Mon amitié avec le professeur Tsourès prit fin d'une manière inattendue. Un jour, alors que je l'attendais ainsi sur son palier rayonnant de sympathie, il sortit de l'ascenseur et se dirigea tout droit vers son logis. Je me tenais comme d'habitude un peu à l'écart, le sourire aux lèvres. Je souris beaucoup, j'ai une disposition pour ça, une disposition heureuse. Le professeur prit la clef dans sa poche et, pour la première fois depuis que nous nous fréquentions, il rompit le silence qui s'était établi entre nous.

Il se tourna vers moi et me regarda d'une manière qui indiquait bien qu'il était de mauvaise humeur.

— Écoutez, monsieur, dit-il. Ça fait un mois que je vous trouve presque tous les soirs devant ma porte. J'ai horreur des emmerdeurs. De quoi s'agit-il? Vous avez quelque chose à me dire?

Remarquez, j'ai trouvé un truc. Ça a duré ce que ça a duré, mais l'Institut des Aveugles me fut d'un grand secours. Tous les soirs, après le travail, je m'y rendais, et je me postais à l'entrée. Vers sept heures, les aveugles commencent à sortir. Avec un peu de chance, je réussissais à m'emparer de six ou sept et à les aider à traverser la rue. On m'objectera qu'aider un aveugle à traverser la rue, ce n'est pas grand-chose, mais c'est toujours ça de pris. En général, les aveugles sont très gentils et aimables, à cause de tout ce qu'ils n'ont pas vu dans la vie. J'en prenais un sous le bras, on traversait, toute la circulation s'arrêtait, on faisait attention à nous. On échangeait quelques mots souriants. Et puis un jour je suis tombé sur un aveugle qui n'était pas diminué du tout. Je l'avais déjà aidé plusieurs fois et il me connaissait. Par une belle après-midi de printemps, je l'ai vu sortir, je courus vers lui et je le pris sous le bras. Je ne sais pas comment il a su que c'était moi, mais il m'a reconnu tout de suite.

— Foutez-moi la paix! gueula-t-il. Allez faire vos besoins ailleurs!

Et puis il a levé sa canne et il a traversé tout seul. Le lendemain, il a dû me signaler à tous ses copains, parce qu'il n'y en avait pas un qui acceptait de me tenir compagnie. Je comprends très bien que les aveugles ont leur fierté, mais pourquoi refuser d'aider un peu les autres à vivre?

Je ne sais quelle forme prendra la fin de l'impossible, mais je vous assure que dans notre état actuel avec ordre des choses, ça manque de caresses.

Les savants soviétiques croient d'ailleurs que l'humanité existe et qu'elle nous envoie des messages radios à travers le cosmos.

Nous étions donc sur le palier et il me dévorait du regard, c'était bon, ça me donnait de la présence.

— Et d'abord, qui êtes-vous ?

Le professeur Tsourès avait une voix indignée, elle était indignée une fois pour toutes, comme si elle était tombée en panne à ce ton-là au cours d'une indignation particulièrement grande.

— Je suis votre voisin du troisième étage, monsieur le professeur. Vous savez...

Je ne pus m'empêcher de prendre un air modeste, non sans fierté :

— ...Vous savez, celui qui vit avec un python.

J'ajoutai, non sans espoir :

— Les pythons sont des compagnons très attachants et très sous-estimés.

Le professeur me regarda un peu plus attentivement. Il y eut même sur son visage une espèce d'expression joviale.

— Ah c'est donc vous, Gros-Câlin...

— Mais non, rectifiai-je, Gros-Câlin, c'est le nom de mon python. Il ne peut pas se passer de ma compagnie, d'où son attachement. Vous ne connaissez sans doute pas, monsieur le professeur, la solitude du python à Paris. C'est l'angoisse. C'est ce qu'on appelle dans le vocabulaire désespéré une situation, et elle est effrayante. Il y a évidemment, comme chez vous, des massacres et des persécutions dont vous disposez lorsque vous êtes mélancolique et que vous vous sentez seul, mais les pythons ne disposent pas de ces moyens comparatifs. Ils ne sont pas en mesure de se distraire ainsi de leurs situations bien à eux, en appelant à leur secours quelque chose de terrible et de grandiose par le nombre et la quantité. J'ai lu l'ouvrage de Jost sur la *Thérapeutique de la solitude,* mais pour qu'un python puisse accéder, comme nous, aux consolations de l'humain et souffrir moins d'être lui-même et dans son propre cas, en pensant aux horreurs dont il n'est pas l'objet, il faut d'abord qu'il change de peau, ce que l'Ordre des Médecins n'envisage d'aucune manière, étant là pour juste le contraire, dans un but d'accès indiscriminé par voies urinaires. C'est la spiritualité, le droit sacré à la vie démographique et statistique à l'intérieur du système végétatif, avec bouillon de culture. Les banques du sperme sont également encouragées, avec, au besoin, importation de main-d'œuvre étrangère. Il y a également accession à la propriété avec crédit au logement, clés en main. Bref, Gros-Câlin, ce n'est pas moi.

— C'est pourtant ainsi que tout le monde vous appelle dans le quartier, dit le professeur Tsourès, en me regardant avec une espèce de curiosité, comme un homme qui a besoin de penser de temps en temps à autre chose.

J'étais stupéfait, au sens expressif du terme. Je ne savais pas que le quartier s'intéressait à moi. J'en fus tellement saisi que je me mis à transpirer abondamment, avec frissons à l'appui. Je n'ai pas eu peur, à proprement parler, car il ne faudrait point s'imaginer que je me prends pour quelqu'un de remarquable, dont on rechercherait particulièrement la peau. Je ne mesure qu'un mètre soixante-douze, ça ne vaut pas le dérangement. C'est seulement cette étrange antipathie, hostilité et répulsion que les gens ont pour les pythons qui m'inquiète. Je veux dire, ceux-ci sont souvent victimes d'extermination désintéressée, sans but pratique, commercial, mais uniquement spirituel, avec croisades. Les pythons sont parfois tués avec vengeance, parce qu'ils sont différents et que c'est dur à avaler, c'est la rancune, on leur en veut. On leur en veut parce qu'eux, au moins, ils n'ont pas d'excuses, ils n'ont pas l'intelligence à leur secours et disposition, ni bras ni jambes ni connaissances historiques et scientifiques, ils ne sont pas libres. Ils ne disposent pas de moyens de disposer d'eux-mêmes et de régner. Et puis, ils rampent mieux. Alors, à coups de talons, à coups de bâtons, par rancune, il n'y a pas de bon Dieu qui tienne. Il est vrai cependant que l'on mange en France mieux qu'ailleurs et que la grande cuisine est tout à l'honneur. Il y a des sauces inouïes et les vins sont généreux, au sens le plus vrai et unique du terme.

Il y a aussi des exceptions, des élans prometteurs. L'autre jour, alors que je me promenais tranquillement au Luxembourg avec Gros-Câlin enroulé autour de moi, un monsieur m'a regardé avec amitié et m'a lancé :

— La protection de la nature, il n'y a rien de plus urgent.

J'en ai des larmes aux yeux. Ce monsieur avait la Légion d'Honneur, à titre amical. J'en rêve la nuit. Un enfant entre — sept, huit ans, qu'on puisse causer d'égal à égal — me donne l'accolade et dit :

— Monsieur Gros-Câlin, au nom des pythons et en vertu des pouvoirs inouïs qui m'ont été conférés, je vous fais chevalier de la Légion d'Honneur à titre amical.

...Il y a d'ailleurs en Russie un fleuve qui s'appelle le fleuve Amour.

Ce n'est pas là une digression, car ce que j'avais à dire au professeur Tsourès, alors que nous nous faisions vis-à-vis sur son palier, se situe tout à fait dans la direction de mon sujet. Il faut le voir, quand il décrit ses demi-cercles, arabesques et spirales sur la moquette à la recherche d'une fissure par laquelle il pourrait se glisser dehors.

— Monsieur le professeur, je m'excuse de vous importuner ainsi subrepticement mais j'ai pour vous une grande admiration. Je sais tout ce que vous faites pour les manifestes. Je sais qu'il y a chez vous beaucoup de place. C'est pourquoi je voudrais vous demander de prendre chez vous...

Il m'interrompit. Et même avec un peu de colère.

— C'est encore pour cette chambre de bonne ? Il est exact qu'elle est inoccupée en ce moment. Ma bonne est rentrée en Espagne, fortune faite. J'attends une Portugaise. Il n'est pas question de la louer à qui que ce soit. Désolé.

Et de ce pas il mit la clef dans la serrure.

C'était un cruel malentendu. Je voulais dire qu'il y avait chez lui de la place pour toutes les espèces humaines prénatales désaffectées, mais déjà en

124

puissance pour cause de malheur, et je ne voyais pas du tout ce que sa bonne portugaise avait de différent. J'ai également la plus grande tendresse pour les chambres de bonne inoccupées, car il me semble qu'elles aussi attendent quelqu'un. Connaissant sa signature, je croyais que le professeur Tsourès était un homme qui luttait pour la création de comités d'accueil et pour un environnement favorable à la venue du monde. Je parle, bien sûr, de la venue du monde sous toutes ses formes, et pas seulement à titre prolifératif. Une souris blanche n'est peut-être pas grand-chose à cet égard mais lorsque je la tiens au creux de ma main si douce si féminine si vulnérable... eh bien, je me sens protégé et à l'abri du besoin, pendant tout le temps que dure le contact de son bout de museau, dans lequel, à l'extrême rigueur, on peut voir un baiser de tendresse et de gratitude. Je me sens bien, au creux de cette main chaleureuse. J'ai l'impression qu'il y a bonté.

Je note à ce propos que je dois me rappeler de regarder dans l'atlas que je possède dans un but d'orientation à mes moments perdus, où se trouve exactement en Russie le fleuve Amour. On arrive parfaitement à détourner les fleuves de leurs cours et à les faire passer là où il faut dans un but de fécondation et de fécondité véritables. Je ne veux point certes non fichtre détourner le fleuve Amour à mon seul profit mais je voudrais au moins en être effleuré à ses moments de crue, car il y a manque, il y a manque et on ne peut pas passer toute sa vie à rêver d'une panne d'ascenseur.

Mais mettez-vous à ma place humanitaire. Les pythons se nourrissent de souris et dans l'état actuel, invulnérable et prématuré des choses, il n'y a rien à faire. Je voulais donc prier le professeur

Tsourès de prendre chez lui Blondine, car c'était un homme immense. Tôt ou tard, Gros-Câlin va bouffer Blondine, c'est la nature qui l'exige, laquelle est, comme tout chez nous le prouve, un acte contre nature.

Il suffit de tenir une souris au creux de la main pour s'en ressentir. C'est un de ces moments où mon cœur se réchauffe, et où je sens le grand fleuve Amour qui court là-bas dans les Russies les plus lointaines, se détourner de son cours, quitter son lit, venir ici, à Paris, en pleine Sibérie, monter au quatrième étage avec ascenseur, entrer dans mon deux-pièces et se charger de tout et même davantage. C'est comme si j'étais moi-même bien au chaud dans le creux de la main du puissant fleuve Amour. Toute solution du conflit intérieur entre les pythons et les souris blanches, propre à l'espèce, est exclusivement entre les mains du grand fleuve Amour, et tant que celui-ci continue à couler dans des régions tout à fait hypothétiques, géographiques, chacun continuera à s'entre-dévorer intérieurement, avec garantie de plein emploi dans ce but et quelles que soient par ailleurs nos réalisations dans le bâtiment.

L'autre jour, le garçon de bureau, à qui j'ai touché un mot de mon animal, parce qu'il semble s'intéresser aux problèmes d'histoire naturelle en raison de son absence, et m'encourage à l'éclairer par l'exposé de mon problème écologique avec l'environnement, me lança brusquement une fois de plus sans crier gare :

— Mais viens donc avec nous, je te dis. Il y a encore une manif à Belleville. Tu vas te dérouler librement. Sans ça, tous tes nœuds, ils vont finir par t'étrangler.

C'est un insistant.

126

— Une manif de quoi? demandai-je prudemment, car c'était peut-être encore quelque chose de politique.

— Une manif, répéta-t-il, en me regardant avec bonté, pour essayer de me désarmer.

— Quel genre de manif? Contre qui? Contre quoi? Pour quoi? Il n'y aura pas d'Arabes, au moins? Ce serait pas des fois un truc politique ou fasciste? Une manif avec l'aide de Qui majuscule?

Il hocha la tête avec pitié.

— Pauvre mec, dit-il, non sans sympathie. Tu es comme ton python, tiens. Tu ne sais même pas qu'on s'occupe de toi.

Et il s'en est allé son chemin avec l'air de quelqu'un qui n'a pas d'amour à perdre.

Je n'ai pas besoin d'une « manif » pour me dénouer et me dérouler avec une aisance royale dont je me félicite dans mon petit appartement agréable avec pipe, bon tabac et bienveillance amicale à l'égard de tous les objets familiers qui m'entourent de leur fidélité dévouée. Je souffre simplement d'un surplus américain que je ne parviens pas à écouler sans autre moyen d'expression qu'une discrète publicité clandestine, souriante, dans le genre main tendue. Cette abondance intérieure est telle que j'en viens parfois à imaginer dans mon fauteuil que c'est en moi que le fleuve russe Amour du même nom prend sa source souterraine. Je n'ai pas encore été découvert, et seule Mlle Dreyfus a senti sa présence, parce que chez les Noirs, le flair est particulièrement développé. Ils sentent beaucoup plus que nous, à cause des conditions de survie dans les forêts vierges et les déserts où les sources de vie sont rares et profondément cachées. Lorsque je lui dis dans mes pensées, car je m'exerce en vue de cette grande explication entre nous avec opération à cœur ouvert, au cours de notre future escale à l'hôtel Oriental à Bangkok dont je possède déjà le prospectus : « Irénée, je voudrais tout vous donner, j'ai en moi un surplus de biens affectifs inépuisable et certains géographes soupçonnent même que c'est en moi que se trouvent les sources du grand fleuve Amour »... J'interromps ici mon cours, au sens non majestueux, au sens *cours, enseignement,* que j'aurai peut-être l'occasion de donner un jour au Collège de France lorsque les pythons seront enfin reconnus comme dignes d'intérêt, dans leur existence relative, par cette illustre assemblée et la civilisation qui en découle.

Tout ce que j'exige impérieusement, avec sommation et hurlements intérieurs qui ne dérangent pas les voisins, c'est quelqu'un à aimer : je suppose que c'est ça qu'on appelle une société d'affluence. On comprend donc que tout cela n'était pas facile à dire à un homme aussi bien articulé que le professeur Tsourès, qui est agrégé de tout et qui n'aimait peut-être pas la viande rouge qui saigne sur le palier dans votre assiette et n'avait sans doute pas l'expérience des grands fleuves russes, nécessaire pour comprendre un tel goutte-à-goutte. Moi et lui, c'était le cru et le cuit, et c'est là tout le vrai problème du vrai langage, lequel est inaudible. Il avait d'ailleurs déjà introduit la clé dans la serrure, car c'était seulement une clé comme ça, pour les serrures préparées d'avance et d'un commun accord.

Et maintenant, il ne me reste plus, pour me dérouler entièrement sous vos yeux, qu'à conclure, en disant que si le professeur Tsourès acceptait d'accueillir ma souris et veiller sur elle, non seulement cela aurait créé entre nous une amitié extraordinaire, mais je me sentirais enfin débarrassé de moi-même, car il m'arrive souvent de me sentir de trop, comme tous ceux qui se sentent pas assez.

129

— Qu'est-ce que vous voulez que je fasse, moi, de votre souris? Qu'est-ce que c'est que cette histoire?

Il était en colère. Je n'en étais pas mécontent, j'étais même ému de voir que notre amitié se nouait déjà sur un mode passionnel.

— Et puis, pourquoi moi? Pourquoi c'est moi que vous venez trouver avec votre souris? Ça veut dire quoi? Je n'ai pas de temps à perdre. Je suis poli, parce que vous êtes un voisin, mais j'ai d'autres chats à fouetter que m'occuper de votre souris, croyez-moi.

Je pouffai.

— Excusez-moi, bégayai-je. C'est cette façon spirituelle que vous avez de...

Je riais et je riais et je me tordais.

— ... De penser tout de suite aux chats à propos d'une souris...

Je ne suis pas du tout haineux, mais ça fait quand même du bien de rire.

— Dites donc...

Il était devenu blême. Même le foulard qu'il portait autour du cou était devenu plus gris, sur ce fond plus blanc.

— Vous vous foutez de moi! Fasciste? Occident? Vous venez faire de la provocation?

J'ai eu peur. J'étais en train de perdre un ami. Ses yeux lançaient des foudres. Je m'excuse de prendre un ton littéraire élevé, ce n'est pas d'habitude mon genre, car il y a longtemps que le style ne fait pas son travail, ce n'est pas le papier d'emballage qui compte et moi, je crois à l'intérieur. Je cherche à garder ici un ton nudiste, humain, démographique. Les hauteurs ont perdu contact.

— Vous êtes un homme universellement généreux, balbutiai-je. Je ne sais pas quoi faire de la

souris blanche que je cache chez moi. Je dis
« cache », car tout est contre les souris pour cause
de faiblesse.

— Et votre python, qu'est-ce qu'il mange? Des
souris, non? Eh bien, alors?

Il fit un pas en avant, les mains dans les poches,
le gilet en avant également, le pardessus en arrière.
Mégot, barbe, cache-nez et chapeau. Serviette sous
le bras, bourrée de justice et de droits de l'homme.
Je note scrupuleusement. Il n'était plus en colère
du tout, il avait même l'air goguenard.

— Vous le nourrissez bien, votre python? Et
qu'est-ce qu'il bouffe? Des souris, voilà. Vous ne
vous en sortirez pas, jeune homme! C'est la nature!

— Je n'y peux rien, dis-je. Je fais faire ça par
quelqu'un d'autre. Je viens chercher du secours,
c'est tout. Il y a une mortalité terrible chez les
sentiments.

— Vous parlez un français très curieux, dit-il.

— Je cherche à faire une percée, c'est tout. On
peut déboucher sur quelque chose d'autre, qui sait.
Notre garçon de bureau dit que les mots ont été
dressés spécialement pour préserver l'environnement. On peut entrer, à cause du droit sacré à la
vie, mais une fois là, on ne peut plus sortir. Je ne
sais pas si vous avez déjà tenu dans le creux de la
main une souris sans protection, et puis, évidemment, vous avez des millions d'hommes qui
crèvent de faim, ça soulage immédiatement. Je
conclus, pour me présenter, que la télévision
permet à tous et chacun de se consoler avec des
atrocités sans compter. Il y a cinquante mille
Éthiopiens qui viennent encore de mourir de faim,
pour détourner notre attention, je sais, mais ça ne
me fait pas de l'effet, je veux dire, je me sens aussi
malheureux qu'avant. C'est mon côté monstrueux.

Il se radoucit.

— Vous avez bien quelques amis?

— J'en aurais eu certainement mais les gens ont horreur des pythons et je ne peux pas abandonner une bête en difficulté. Je suis comme je suis. C'est une question d'extra-terrestres, ce que l'on appelle aide extérieure, avec impossible.

Il me mit la main sur l'épaule mais sans condescendance, car c'était un homme habitué à faire preuve de sympathie et de tolérance.

— Écoutez, mon petit, je comprends, je comprends très bien, mais je ne peux pas me laisser envahir. C'est un très petit appartement. Je ne peux pas vous prendre chez moi mais je viendrai vous voir chez vous un de ces jours. Tenez bon. Il faut avoir confiance. Évitez de rester seul. Tâchez de vous faire des amis.

Il me laissa là et rentra chez lui, grâce à sa clef, mais cela n'avait pas d'importance car j'avais malgré tout fait un pas de géant hors de ma petite boîte, et je suis resté là un bon moment le sourire aux lèvres, à regarder la porte fermée comme si elle non plus n'était pas en bois.

Je suis rentré chez moi mais ne pus dormir, ça chantait d'amitié et il y avait des coquelicots en fleurs. J'aime les coquelicots à cause du nom qu'ils portent, co-que-li-cots. C'est gai et il y a même là-dedans des rires d'enfants heureux. J'ai souvent ainsi des moments d'orchestre intérieur, avec danses et légèreté, encouragement des violons et gentillesse populaire, à l'idée de toutes les richesses amicales qui m'entourent, des trésors enterrés qu'il suffit de découvrir, les deux milliards d'îles aux trésors, baignées par le grand fleuve Amour. Les gens sont malheureux parce qu'ils sont pleins à craquer de bienfaits qu'ils ne peuvent faire pleuvoir sur les autres pour cause de climat, avec sécheresse de l'environnement, chacun ne pense qu'à donner, donner, donner c'est merveilleux, on crève de générosité, voilà. Le plus grand problème d'actualité de tous les temps, c'est ce surplus de générosité et d'amitié qui n'arrive pas à s'écouler normalement par le système de circulation qui nous fait défaut, Dieu sait pourquoi, si bien que le grand fleuve en question en est réduit à s'écouler par voies urinaires. Je porte en moi en quelque sorte des fruits prodigieux invisiblement qui chutent à l'intérieur avec pourrissement et je ne puis les donner tous à Gros-Câlin, car les pythons sont une espèce extrêmement sobre et Blondine la souris, ce n'est pas quelque chose qui a de gros besoins, le creux de la main lui suffit.

Il y a autour de moi une absence terrible de creux de la main.

Il fait nuit et je le dis comme je le pense enroulé intérieurement en moi-même là où ça chante avec danses populaires, flûtes, coquelicots et sourires d'amitié. Dans le noir, on peut se permettre. On disait jadis que les murs ont des oreilles qui vous écoutent, mais ce n'est pas vrai, les murs s'en foutent complètement, ils sont là, c'est tout. On vous conseille de vous mettre bien avec eux. Seule Mlle Dreyfus pourrait venir faire la récolte des fruits et les empêcher de pourrir sur pied, j'ai lu dans le journal qu'il y a des personnes qui sont restées trente-six heures ensemble dans un ascenseur qui est tombé en panne, si cela pouvait nous arriver. Une panne, une vraie, pourrait nous permettre de nous libérer des voies circulatoires à sens unique et obligatoire et de nous rencontrer. L'idée même m'est venue de saboter astucieusement l'ascenseur pour qu'il tombe en panne ; mais on ne peut pas le faire quand on est enfermé dedans et que ça marche, il faudrait des complicités. J'ai même pensé à demander au garçon de bureau une aide extérieure, mais je n'ai pas osé car je suis sûr et certain qu'il a des activités subversives.

Je suis donc couché, écoutant mon émetteur clandestin, c'est un de ces moments où il me semble que je vais me lever, aller vers moi, me prendre dans mes bras et que je vais m'endormir ainsi dans le creux de la main.

Finalement, pas plus bête qu'un autre, je me contente, je me lève, je vais chercher Gros-Câlin dans son fauteuil et il se coule autour de moi et me serre très fort dans un but affectif.

J'avais Blondine au creux de ma main et Gros-Câlin me tenait bien au chaud également, car il y a des possibilités.

Mais une nuit, alors que nous dormions ainsi tous les trois sécurisés, un véritable triomphe contre nature, avec tout ce que cela ouvre comme perspectives, horizons et fin de l'impossible, il se produisit un drame effrayant, dont je fus le témoin impuissant dans mon sommeil. J'avais dû ouvrir ma main, la souris s'est trouvée exposée de tous côtés et Gros-Câlin obéit aussitôt aux lois de la jungle. Ce que put ressentir Blondine, lorsqu'elle fut confrontée avec la gueule ouverte du monstre d'ailleurs invisible dans le noir, mais dont on devine par l'angoisse la présence terrifiante, je le laisse deviner à tous ceux qui sont ainsi livrés à la situation dans laquelle on se trouve. Il n'y a pas de défense possible. Je fus pris d'une telle terreur que je crus pendant quelques instants que j'allais naître, car il est de notoriété que parfois des naissances se produisent sous l'effet de la peur. Il y avait là un conflit intérieur dont on n'a aucune idée, quand on manque de faiblesse nécessaire. Heureusement, lorsque je me suis réveillé, Gros-Câlin et Blondine dormaient paisiblement à leurs places respectives, rien n'était arrivé, c'était seulement moi. Je me suis quand même levé et je suis allé mettre la souris dans sa boîte, mais j'ai eu du mal à m'endormir ainsi avec moi-même.

Ce fut le lendemain, à neuf heures cinquante exactement, que se produisit l'événement tant attendu. J'avais déjà laissé passer plusieurs ascenseurs, attendant Mlle Dreyfus comme convenu entre nous par voie intuitive, lorsque je l'ai vue arriver, alors que j'étais déjà pris de panique à l'idée qu'elle n'allait pas venir et que j'allais recevoir une lettre d'elle me disant que tout était fini entre nous. Il y avait déjà onze mois que nous étions ensemble dans l'ascenseur tous les matins et il faut se méfier de la routine dans la vie commune, il ne faut pas qu'elle prenne peu à peu la place des rapports profondément ressentis.

J'étais assez énervé, parce que je venais d'être insulté.

Je m'étais arrêté au *Ramsès* pour prendre un café et il y avait à la table voisine une dame mûre avec un perroquet vert dans un panier qu'elle tenait sur ses genoux. Une personne qui se promène dans Paris avec un perroquet vert n'a pas à me faire des réflexions et pourtant elle éprouva le besoin de me dire, en me tendant un carton, avec un de ces sourires qui ont l'air de sortir tout droit des plats aigres-doux sur le menu des restaurants chinois :

— Tenez, monsieur. C'est un service nouveau, vous pouvez appeler jour et nuit, il y a toujours à qui parler. Vous trouverez cela dans le Bottin, rubrique des professions, le service s'appelle *Ames Sœurs*. Ils ne font pas de propagande, rien, vous pouvez leur parler, ils vous posent des questions avec sollicitude, ils s'intéressent à vous, c'est tout. Il y a un abonnement avec prime, un joli cadeau qu'ils vous envoient pour votre anniversaire, vous pouvez être sûr qu'il y a chez eux quelqu'un spécialement chargé de penser à vous, ce jour-là.

J'étais furieux. Je suis habillé très correctement et je n'ai pas l'air d'un objet perdu.

— Et qu'est-ce qu'on fait, quand on a fini de lui parler, au téléphone? On raccroche?

— Ben, évidemment, dit la dame.

— Ben, évidemment, fis-je, du tac au tac, avec une dose d'ironie.

Je me déroulai de toute ma hauteur, en jetant le prix de la consommation sur la table.

— On raccroche, et on se retrouve seule avec son perroquet vert, dis-je. Seulement, madame, je vis maritalement avec une jeune femme dans l'ascenseur et je n'ai pas besoin d'appeler au secours par téléphone.

Et puis j'ai eu une phrase extraordinaire.

— On n'adresse pas, madame, à Paris, la parole à un homme qui ne vous a rien fait !

Ce qui suivit prouve à quel point un homme se trompe parfois lorsqu'il se trouve chez les autres et à quel point les perroquets même dont on ne se sépare jamais, sont insuffisants et défaillants lorsque le besoin s'en fait vraiment sentir. La bonne femme mûre se mit à pleurer sans que le moindre appel téléphonique vînt à son secours. Pas étonnant que les jeunes s'arment parfois de revol-

vers et tuent à tort et à travers par besoin fou
d'amitié. C'était la première fois que quelqu'un
pleurait à cause de moi et l'évidence de cette
attention dont je venais d'être l'objet me bouleversa
complètement.

Ce qui suivit à son tour prouve à quel point on se
trompe parfois sur les perroquets verts. D'abord,
elle (la bonne femme) se mit à pleurer, comme je
l'ai noté scrupuleusement, sans que le téléphone se
mît à sonner. Je répète pour l'importance : c'était la
première fois que je faisais pleurer quelqu'un et la
découverte de ce don que je possédais sans le savoir
et qui était en mesure de me faciliter prodigieuse-
ment les rapports humains dans le grand Paris, me
bouleversa complètement. J'entrevis dans un éclair
de compréhension fraternelle des possibilités du tac
au tac et d'égal à égal et de cohabitation urbaine
démocratique qui me stupéfia, par les moyens
qu'elle offrait à la manifestation de mon existence.
Mais ce fut le perroquet surtout qui m'étonna par
son espèce humaine, si difficilement perceptible à
première vue, malgré mes recherches à la Biblio-
thèque nationale. Car cet individu volatile, qui
s'était à présent tenu à l'écart de la discussion, dans
le panier, sauta soudain sur l'épaule de la personne
humaine en deux coups d'ailes et se mit à couvrir
son visage usé par l'acquis de petits bicots, en
criant :

— Boum! Mon petit cœur fait boum!

— Vous ne me diriez pas ça si j'étais jeune et
jolie! me lança la personne humaine.

— Boum, boum, mon petit cœur fait boum!
hurla le perroquet avec rassurance.

La personne humaine lui donna une pistache et
sourit, en portant son mouchoir à ses yeux. Là-
dessus le perroquet tomba en panne.

— Boum, boum, boum, boum! faisait-il.

— Et c'est l'amour qui s'éveille! lui souffla la personne humaine.

Le perroquet se taisait avec des yeux ronds frappés d'incompréhension mon semblable mon frère. Ce n'était même plus un perroquet, c'était la chair de poule.

— Boum, boum! fit le perroquet et il retourna dans le panier.

J'étais ému.

— J'élève un python, annonçai-je à la dame, pour lui faire comprendre que nous avions quelque chose en commun, des affectivités électives. Il a déjà fait plusieurs mues mais il reste toujours python, naturellement. Ce sont là des problèmes qui s'imposent.

Le patron du *Ramsès* sortit pour ramasser l'argent que j'avais jeté sur la table et nous dit que d'après la radio il y avait un bouchon de quinze kilomètres sur l'autoroute du Sud à hauteur de Juvisy. Je l'ai remercié. Il voulait sous-entendre sympathiquement qu'il n'y avait pas de bouchon ailleurs, que c'était libre, ouvert, avec possibilités. C'était une petite bonne femme à cheveux gris, une de celles qui ont beaucoup servi à rien et à personne. Elle devait tenir une boutique de quelque chose, faute de mieux. Je le porte par la présente à la connaissance de l'Ordre des Médecins, pour information, dans le cadre de l'avortoir et du droit sacré à la vie.

Je me rappelai également que je venais justement de voir, rue Ducrest, juste en face, une affiche secouriste avec photo, donnant toutes indications sur la façon de pratiquer le bouche à bouche, pour les noyés et autres. Il faut le faire immédiatement mais c'est toujours trop tard, car en général, dans la circulation et sur les trottoirs, on ne sait pas que l'on a affaire à un noyé. Le grand fleuve démographique, ce n'est pas du tout le grand fleuve Amour, croyez-moi, les noyés passent inaperçus, à cause de la force du courant dans le métro aux heures de pointe. Je fus donc sur le point de courir au plus pressé et de pratiquer le bouche à bouche sur la personne humaine à cheveux gris, car je ne crois pas du tout en ce sens aux vertus du téléphone en tant que bouche à bouche et souffle de secours. Du point de vue social et culturel, c'est ce qu'on appelle service de réanimation, avec trésors artistiques, pendant que le perroquet me regardait de ces yeux ronds frappés d'incompréhension comme si j'étais susceptible de réponse. La dame continuait à me sourire du fond du panier mais nous nous étions tout dit et nous manquions à présent de terrain commun, avec gêne et malaise. Je fis néanmoins preuve de ma présence d'esprit habituelle, ne voulant pas lui donner l'impression que je me désintéressais d'elle pour raisons comme tout le monde, et je fis quelques remarques appropriées sur le bouchon de quinze kilomètres sur l'autoroute du Sud à hauteur de Juvisy que le patron du *Ramsès* avait laissé en partant. Je le dis fortement, pour lui faire sentir que c'était dégagé ailleurs, je ne voulais pas la laisser dans le besoin. De là je glissai rapidement vers les statistiques et les grands nombres pour lui faire sentir que dans le tas, il pouvait se manifester des possibilités de naissance, les vignes ont survécu au phylloxéra, le souci du Ministre de la Santé d'augmenter sans cesse le nombre de vaches françaises, que j'ai trouvé dans son article dans *Le Monde,* n'était peut-être en réalité que celui du Ministre de l'Agriculture, à cause de la confusion des valeurs et des fautes d'imprimerie, et quelqu'un pouvait encore naître quelque part à la suite d'une défaillance de l'autorité, ou d'une fissure dans l'avortoir, comme il y a deux mille ans, lorsque soudain il y eut homme. Je fus cependant gêné dans mon bouche à bouche par le perroquet, qui me fixait de son regard rond consterné. Je persévérai, mais on comprendra que la consternation des perroquets au fond du panier dépasse de très loin les possibilités humaines.

Ici, je suis obligé de faire un détour et de rentrer chez moi, avant de revenir dans l'ascenseur et à l'événement capital qui s'y est produit, car Gros-Câlin me fit pendant mon absence un coup qui me jeta dans l'angoisse et dans les affres et dressa contre moi l'opinion publique de l'immeuble. Mais réflexion faite, afin de ne pas donner au lecteur intelligent une impression de confusion et de nœud inextricable, par suite de mes enroulements gracieux en spirales autour de mon sujet, je décide de rendre d'abord compte du bonheur qui me saisit dans l'ascenseur, lorsque Mlle Dreyfus, alors que nous venions à peine de décoller, me regarda droit dans les yeux, me montra ses dents blanches dans un sourire et me demanda, avec son doux accent des îles :

— Alors, et votre python ? Comment va-t-il ?

C'était la deuxième fois qu'elle s'intéressait ouvertement à moi, depuis notre rencontre mémorable sur les Champs-Élysées.

Je mis un étage à trouver ma voix, car je n'y voyais plus clair, comme toujours lorsqu'on a soudain le souffle coupé.

— Je vous remercie, lui dis-je calmement, car je

ne voulais pas augmenter son trouble, je savais que les jeunes Noires sont terriblement émotives et vite effrayées, à cause des gazelles.

— Je vous remercie. Mon python va aussi bien que possible.

J'aurais pu lui dire « mon python va très bien, merci », mais justement, je ne voulais pas lui donner l'impression que tout allait si bien que l'on n'avait plus besoin d'elle. Je vis dans un éclair une biche effarouchée s'enfuir et disparaître sur la deuxième chaîne dans *La Vie des Animaux*. Je ne sais si on mesure suffisamment toute l'importance qu'un événement peut prendre, lorsqu'il risque de ne pas se produire.

— Mon python va aussi bien que possible. Il se développe normalement. Il a gagné deux centimètres cette année.

Il ne nous restait que deux étages pour tout nous dire et je me taisais avec tout le don d'expression dont je suis capable. Je porte d'habitude des lunettes noires de cinéaste, pour me donner du poids, comme si j'étais quelqu'un qui risquait d'être reconnu, mais je ne les avais pas mises ce jour-là, car je me sentais d'humeur « que le diable m'emporte », assez mousquetaire. Je pus donc m'exprimer tout mon saoul, grâce à mon regard qui était tout nu, je disais tout à Irénée, je crois même que mon regard chantait, avec orchestre et virtuose. De ma vie je n'ai été aussi heureux dans un ascenseur. Je lui donnai du fond du cœur tout mon perroquet frappé de consternation au fond du panier. J'ai vu soudain sur l'étal de toutes les boucheries la viande qui chantait d'une voix qu'elle s'était enfin donnée elle-même. Il y eut même soudain, au vu et au su, une telle hausse de la qualité de la viande, que l'on put enfin distinguer le bœuf de l'homme. Il y eut en moi quelque chose comme une naissance, ou tout au moins, pour ne pas me vanter, comme une fin du bifteck.

On avait alors dépassé Bangkok, Singapore et Hong Kong et l'ascenseur continuait à monter. J'ai toujours lu dans les journaux qu'il y a des naissances accidentelles partout, dans les trains, avions, taxis, mais je n'y ai jamais tellement cru, connaissant leurs façons avec le vocabulaire. Elle me regardait très attentivement, en mini-jupe. Je sentais que Mlle Dreyfus me comprenait dans tous mes recoins, un perroquet stupéfait dans un panier, une souris blanche dans une boîte, un python de deux mètres vingt de long qui faisait vingt nœuds à l'heure, dont j'étais le principal interprète, et son sourire se fit encore plus exprimé, il me semblait même que l'ascenseur montait au-delà de tout étage. C'est seulement lorsque je remarquai qu'il était redescendu au rez-de-chaussée et que j'étais seul, que j'ai pu me ressaisir.

Et ce n'était qu'un commencement. Car j'étais à peine remonté dans mon bureau que Mlle Dreyfus entrait, une tasse de café à la main et en pull-over avec des seins parfaitement sincères. J'ai omis de noter que la mini-jupe était en cuir fauve et les bottes également. Elle s'appuya contre l'IBM en remuant la cuiller dans le café.

— Ce python, est-ce qu'on peut venir le voir?

Je fus à la hauteur. Lorsqu'on voit une personne qui veut vivre, il faut savoir se jeter à l'eau. La solitude, je connais, on n'a pas à me le dire deux fois. Je me jetai à l'eau sans hésiter, mû seulement par mon instinct de conservation.

— Je vous en prie. Venez prendre un verre avec nous quand il vous plaira. J'ai vu tout à l'heure un

146

perroquet avec une dame au fond du panier. Vous êtes la bienvenue.

— Samedi après-midi, ça vous va? A cinq heures?

Je répondis immédiatement, d'une voix claire et nette :

— A cinq heures.

Elle s'en alla. Je crois que le monde sera sauvé par la féminité, dans mon cas particulier. Je sais aussi qu'il y a au cinquième sur cour un monsieur Jalbecq qui garde dans son armoire un uniforme de nazi avec croix gammée dans le cas contraire. Je note cela profitant du moment de page blanche dans lequel Mlle Dreyfus m'avait laissé.

Je ne sais pas combien de temps cela avait duré, j'étais demeuré debout comme foudroyé et je dus me décontracter pour retrouver mon usage et pouvoir m'asseoir. Il est certain que je dus demeurer figé dans la position dans laquelle l'événement m'avait laissé un bon moment, peut-être même davantage, car je dus faire un effort musculaire pour m'assurer que j'étais là. Il va sans dire que si je donne toutes ces indications, c'est qu'il y a certainement ici et là d'autres très belles histoires d'amour qui n'ont pas la chance d'avoir eu lieu, comme la mienne, et que je désire faire tout ce qui est en mon pouvoir pour donner des détails qui peuvent instruire et encourager.

Je me précipitai donc chez moi pour prendre mon vieux Gros-Câlin dans mes bras et esquisser avec lui quelques pas de danse, car dans mes moments de joie je me laisse aller à mon côté bachique.

Et c'est là que je ne trouvai pas Gros-Câlin. Il avait disparu. Complètement. Évanoui. Il n'y a pas d'endroit dans mon deux-pièces où il eût pu se

147

cacher à mon insu, car je les connais tous, et lorsqu'il me fait la gueule, c'est là que je le trouve. Sous le lit, sous le fauteuil, derrrière les rideaux. Mais il n'était à aucun de ces lieux possibles.

Au bout de quelques minutes de recherches intensives, je fus pris de panique. Je me sentais perdu. Je n'arrivais plus à raisonner convenablement, avec mon sang-froid habituel. J'en venais même à me demander si Gros-Câlin n'avait pas disparu sous l'effet de l'émotion que Mlle Dreyfus m'avait causé en m'annonçant sa visite. Ou s'il s'en était allé parce qu'il me sentait hors du besoin et parce qu'il y avait à présent quelqu'un qui allait prendre autour de moi toute la place. Par gentillesse, compréhension, ou au contraire, par pique et jalousie. Madame Niatte avait dû laisser la porte ouverte et il s'était glissé dehors, tristement désespéré. Il m'avait peut-être laissé un mot d'adieu griffonné à la hâte et mouillé de larmes et je me laissai tomber sur le fauteuil en sanglotant mais il n'y avait pas de mot. Et qu'est-ce que j'allais faire, à présent, qu'est-ce que j'allais devenir, samedi, lorsque Mlle Dreyfus viendrait pour le voir et constaterait que je n'étais pas là, sans un mot d'explication? Seul. C'était l'angoisse, le Grand Paris dans toute sa grandeur, inamovible, avec monuments. Il allait être, rampant bas, empoisonné par l'oxyde de carbone. Et il y avait la xénophobie dans les rues, les gens sont contre l'immigration sauvage et un python ne passe pas inaperçu, on a même tué des Arabes pour moins que ça. Je n'ai pas l'habitude d'être heureux et j'ignorais tout des effets psychiques qu'un état de bonheur soudain peut provoquer sur des sujets non accoutumés. D'un côté, j'étais encore entouré du sourire de Mlle Dreyfus dans l'ascenseur et qui allait venir ici, et de l'autre, j'étais en proie à l'absence de mon python habituel, c'était le déchirement et la confusion de sentiments, avec état de choc.

J'ai cherché mon zèbre partout et même dans l'armoire fermée à clef de l'extérieur, comme tout le monde. Dans tout ouvrage sur les pythons, il s'agit toujours d'un ouvrage sur l'aide extérieure.

Rien dans l'armoire non plus. C'était l'impossible dans toute son horreur.

Cela ne faisait que grandir autour de moi, l'impossible devenait de plus en plus français à une vitesse effrayante, avec expansion et accession à la propriété, clefs en main, pour plus de fermeture.

On peut imaginer, bref, dans quel état je fus plongé par cette disparition d'un être si proche. Je dus me coucher avec ma fièvre et en proie à de tels nœuds que je n'arrivais même pas à respirer, avec oppression. J'étais vraiment en proie, dans toute l'acceptation du terme, privé de moyens comme tous ceux qui ont donné tout leur surplus américain à un être humain, et lorsque je dis « être humain », je parle au sens le plus large et au figuré, et qui rentrent chez eux après une longue journée d'absence à tous les points de vue, en souriant de plaisir à l'idée qu'ils vont le trouver tout à l'heure chez eux couché sur la moquette ou accroché aux rideaux. Je n'arrivais plus à imaginer qui allait s'occuper de moi, me nourrir et me prendre dans ses bras pour m'enrouler autour de ses épaules étroitement dans un but affectueux et de compagnie. Je pense que la fraternité, c'est un état de confusion grammaticale entre je et eux, moi et lui, avec possibilités. A un moment, il me vint à l'idée que j'étais peut-être simplement en retard, il y avait peut-être une grève du métro, j'allais revenir fourbu mais bien chez moi, j'entendrais comme chaque soir le bruit de la clef dans la serrure et Gros-Câlin entrerait avec les journaux sous le bras et le filet à provisions. J'allais ramper à sa rencontre dans un but de bienveillance, mordiller le bas de son pantalon comme je le fais parfois avec drôlerie et humour, et tout allait être pour le mieux dans le meilleur des mondes, une expression qui fait fureur. Mais je n'arrivais plus à y croire vraiment, je n'arrivais plus à avoir huit ans, âge tout à fait indispensable à la fin de l'impossible. La peur d'être abandonné au fond du panier avec le perroquet et sans même une dame mûre pour nous soutenir mutuellement, la sensation, dans ma gorge, d'un bouchon de quinze kilomètres à hauteur de Juvisy, la terreur à l'idée que Gros-Câlin avait peut-être été renversé par un camion et que madame Niatte allait me donner à un magasin de sacs pour dames, prenaient de telles proportions qu'elles provoquaient dans ma tête un naufrage où flottaient les débris culturels rejetés par la vase intérieure, Napoléon guidant son peuple hors de l'Égypte, nos ancêtres les Gaulois, le buste de Beethoven, les grévistes de chez Renault, le programme commun de la gauche, l'Ordre des Médecins, le professeur Lortat-Jacob proposant l'avortoir pour faire mine de rien et la conviction que Gros-Câlin avait été choisi pour représenter la France à l'étranger. Je sentais qu'on allait entrer, me saisir, sous un filet à ce dessein, que j'allais être soumis à l'expertise, afin de voir si c'était encore utilisable, et remis ensuite à la Ligue des Droits de l'Homme pour suites à donner, clefs en main.

Vers onze heures du soir, je m'étais à ce point entortillé autour de moi-même, que je jugeai plus prudent de ne pas chercher à m'en sortir, pour éviter de me nouer encore davantage, comme les lacets des souliers qu'il convient de tirer avec les plus grands ménagements. Je demeurai donc couché, en proie à une circulation intérieure intense, avec heure de pointe, embouteillages et signaux bloqués au rouge, hurlement des ambulances, pompiers et extincteurs d'incendie, cependant que cela ne faisait que s'accumuler autour de moi, et que les naissances continuaient pseudo-pseudo dans un but de main-d'œuvre, d'expansion et de plein emploi. C'était la déperdition, le dépérissement, la pénurie et police-secours dès qu'il y avait secours. C'était le fœtuscisme bien connu, avec Éducation Nationale. J'essayai de me dégager en filant habilement en crabe par associations d'idées pour fuir ma terreur, passant du fœtuscisme aux fetuccini, de fetuccini au fétichisme, de fétichisme à la culture, à la neuvième symphonie de Brahms, pour changer, aux évasions de Latude, aux murs qui tombent lorsqu'on leur joue de la trompette. Crier le fascisme ne passera pas, ça fait passer tout le reste. Le fœtuscisme, lui, n'est pas un parti politique, il n'est pas une idéologie, il n'a pas besoin de soutien populaire, il est démographique, c'est la nature qui veut ça, c'est le droit sacré à la vie par voie urinaire. Je fus pris alors d'une volonté de naître absolument furieuse et irrésistible, et pus même me lever et aller pisser dans le lavabo.

Une chose était certaine : Gros-Câlin n'avait pu sortir, car il n'avait pas la clef. La seule explication possible, c'était qu'il avait dû faire des heures supplémentaires au bureau. Il était peu probable qu'il était allé chez les bonnes putes, car il n'y va en général qu'entre midi et deux heures, ce sont des heures creuses et il s'imagine qu'il y a moins d'hommes à l'intérieur. C'est purement une vue de l'esprit, mais il est comme ça. Je ne pouvais pas croire qu'il avait été découvert dans le métro et tué à coups de talons, car les habitants du grand Paris, quand ils rentrent chez eux après une journée de travail, sont en général épuisés et ne se manifestent pas beaucoup. Je ne pensais pas non plus que ce fût la police, car au fond elle n'est pas du tout contre, puisque ça rampe.

Je ne saurais vous en dire plus sur mon état de confusion, en raison même de cet état. Que l'on sache en tout cas, en langage du grand siècle, que je réussis peu à peu à me dénouer et à retrouver mon état de clarté cartésienne habituel. Il était certain que Gros-Câlin avait rampé hors de l'appartement, car je savais qu'il était un grand amateur d'orifices et en rêvait tout le temps. C'est le genre de python qui rêve toujours de dehors et de ce qui n'est pas en train de s'y produire. Il n'est pas à proprement parler un invertébré, mais un informulé.

Je me remis à chercher. Il n'était pas là. C'est toujours un grand triomphe de la lucidité, lorsqu'on réalise qu'on n'est pas là.

J'allai prendre Blondine dans le creux de la main, lui caressant doucement l'échine, et me sentis mieux, comme toujours lorsqu'on vous témoigne de l'amitié. J'imagine que Blondine est plutôt contente du départ de Gros-Câlin, pour des raisons culinaires.

Je l'ai ensuite raccompagnée chez elle et c'est au moment où je refermai l'armoire, que j'entendis des sirènes qui s'arrêtaient sous ma fenêtre. Je courus l'ouvrir et, me penchant dehors, je perçus un car de police et une ambulance.

Je sus aussitôt qui était dans l'ambulance : Gros-Câlin, mort, écrasé par l'autobus 63, où ils ont un passager qui m'a traité il y a cinq ans de pauvre type. On avait mis le corps dans l'ambulance et la police venait enquêter chez moi sur les conditions dans lesquelles j'hébergeais un travailleur étranger sauvage. Je fis alors le geste de saisir ma mitraillette pour vendre chèrement ma peau, le geste seulement, uniquement pour me remonter dans mon estime, car je suis incapable de mitraillette. J'étais debout au milieu de la pièce, avalant mes preuves d'humanité pour ne pas me trahir, dont quelques-unes glissèrent cependant sur ma joue dans une tentative de fuite. On allait apporter Gros-Câlin sur une civière sans espoir. Le Directeur du Jardin Zoologique m'avait dit un jour : « C'est un beau python que vous avez là, monsieur. » Peut-être l'avaient-ils lynché, parce qu'il était trop ressemblant.

J'attendais, les poings serrés par l'impuissance. Mais personne ne venait. Il y avait du remue-ménage mais cela se passait quelque part plus bas dans l'escalier. Finalement, abandonnant toute prudence, j'ouvris la porte moi-même et sortis.

Ça gueulait à l'étage au-dessous et me penchant du palier, j'aperçus non sans surprise les infirmiers qui emportaient sur les brancards madame Champjoie du Gestard. J'ai omis de mentionner que les Champjoie du Gestard habitent au-dessous, car il n'y avait aucune raison de le faire. Il y avait là aussi deux agents et monsieur Champjoie du Gestard, chauve. Il était également en bretelles. Je commençais déjà à me sentir déconcerné, lorsque monsieur Champjoie du Gestard leva la tête et me remarqua. Son regard exprima une telle fureur et une telle indignation que je me sentis enfin motif de quelque chose ou de quelqu'un.

— Saligaud! Ignoble individu! Satyre dégénéré!

Il fut sur moi en deux coups de cuiller à pot et je crois qu'il m'aurait frappé si les agents qui l'avaient suivi n'étaient intervenus par les bras. Monsieur Champjoie du Gestard est grand, gros, chauve et commerçant; il est titulaire d'un visage triplementon qui devrait donner quelque chose au Secours Catholique. Nous avons toujours eu jusque-là des rapports aimables car lorsqu'on habite l'un au-dessus de l'autre, il faut savoir s'éviter. Mais cette fois il était en proie à lui-même, dans toute sa fureur.

— Saloperie! Maniaque!

Il s'arrêta un instant à court de pensée, car selon une étude récente le vocabulaire des Français a baissé de cinquante pour cent depuis le siècle dernier. Je voulus lui venir en aide. Je suggérai :

— Marchepied! Merdapied! Giclure!

Il ne comprit pas que je lui donnais des idées et crut à des insultes personnelles. Les deux agents eurent du mal à l'empêcher.

— Salope! Faire ça à une honnête femme!

— Vous allez nous suivre au poste! dit l'un des deux agents, inquiet parce qu'on parlait de l'honnê-teté, pendant que l'autre le laissait faire.

Monsieur Champjoie du Gestard m'envoya un crachat à la figure mais j'étais trois marches au-dessus et ce fut en pure perte.

Ils l'ont enfermé dans son habitat. Puis ils m'ont invité fermement par les bras à les suivre au poste.

Imaginez ma joie, mon bonheur, lorsque je vis dans la cage au commissariat du XVe arrondisse-ment... qui croyez-vous, si ce n'est mon cher vieux Gros-Câlin en personne, enroulé vingt fois sur lui-même, dans un but de terreur et d'autodéfense! Il était seul, on avait fait sortir de la cage les bonnes putes habituelles et les touristes sans papiers d'identité qui ne pouvaient pas prouver qu'ils étaient japonais. Je tendis les mains entre les barreaux et je caressai Gros-Câlin qui me reconnut à la douceur du toucher et s'extriqua aussitôt de ses nœuds dans un mouvement somptueux et se déroula avec une aisance royale dans toute sa splendeur, se dressant en spirales pour que je lui caresse la tête qu'il a particulièrement sensible à l'affection des siens et il y avait là une pute — je le

dis avec la plus grande tendresse — une pute
blonde très douce, comme elles le sont souvent
quand elles croient encore à ce qu'elles font, qui
dit :

— Il est mignon.

Je fus ému et je rougis même complètement sous
ce compliment. Je fus alors prié d'entrer chez le
commissaire que je connaissais déjà et c'est là que
j'appris ce qui s'était passé entre Gros-Câlin et le
monde qui nous est extérieur.

Je savais qu'il aimait beaucoup l'eau et je ne le
laissais jamais jouer dans les W.-C., à cause de leur
usage. Mais ce jour-là, en partant, j'avais mal fermé
la porte et Gros-Câlin, qui est très explorateur,
s'était glissé à l'intérieur. De là à s'intéresser à la
cuvette des W.-C. il n'y a qu'un pas et Gros-Câlin,
avec son goût pour les orifices, s'était d'abord coulé
dans la cuvette et de là dans le tuyau de canalisation. Après une descente rafraîchissante d'un étage,
il avait débouché dans la cuvette des W.-C. des
Champjoie du Gestard, juste au moment où le
malheur voulut que madame Champjoie du Gestard venait de prendre ses aises sur le siège. Gros-
Câlin se dressa pour respirer et avec curiosité hors
du tuyau et ce faisant toucha la personne de
madame Champjoie du Gestard. Celle-ci étant très
réservée, aimant la musique et les broderies fines,
crut d'abord à une illusion, mais lorsque Gros-
Câlin persévéra dans ses efforts, donnant ici et là à
la moumonette de madame Champjoie du Gestard
des coups de tête dans sa sensibilité, celle-ci crut à
un accident dans le tuyau et regarda à l'intérieur de
la cuvette, pour se trouver devant un python de
belle taille, qui émergeait. Elle poussa alors un
hurlement affreux et s'évanouit aussi sec, car il faut
bien dire que Gros-Câlin a deux mètres vingt et

elle n'y est pas habituée. Il s'ensuivit un grand remue-ménage déjà mentionné, avec monsieur Champjoie du Gestard, police-secours et ambulance. J'essayai d'expliquer au commissaire que mon python était absolument inoffensif et qu'il avait touché par le plus pur des hasards la mistouflette de madame Champjoie du Gestard, mais ce fut en ce moment que monsieur Champjoie du Gestard y fut introduit à son tour, et m'accabla à nouveau d'« ordure! » « vicieux! », comme si c'était moi qui m'étais introduit dans le tuyau pour toucher la clopinette de madame Champjoie du Gestard. Je me défendis pied à pied, en lui disant que j'étais dans les statistiques et dans rien d'autre, et que je ne me glissais pas dans les tuyaux à merde, mais il n'en démordait pas. Le commissaire me dit que je risquais d'être traîné en justice pour choc nerveux avec dommages-intérêts. Il me demanda encore une fois si j'avais l'autorisation de garder des immigrés sauvages dans mon appartement et je lui montrai mes papiers d'identité. Mais j'eus beaucoup de mal à le convaincre que je n'avais pas fait descendre exprès Gros-Câlin dans le tuyau à merde dans un but inavoué. Quand je pus enfin entrer dans la cage et prendre Gros-Câlin dans les bras, celui-ci posa sa tête sur mon épaule et s'endormit aussitôt d'émotion.

Je voulus sortir au plus vite, en saluant à la ronde.

— Vous ne pouvez pas marcher dans les rues de Paris avec un python autour de vous, me dit le commissaire paternel. C'est une ville qui vit sur ses nerfs, la moindre étincelle peut mettre le feu aux poudres. Ça ne tient que par routine, par habitude. Mais si les gens se sentent provoqués et qu'on leur met sous les yeux une autre possibilité, ils risquent de tout casser.

A ma surprise pourtant, il tendit la main et caressa la bonne tête rêveuse de Gros-Câlin.

— C'est beau, c'est naturel, dit-il, du fond de son commissariat.

Il soupira.

— Hé oui enfin que voulez-vous, dit-il. C'est loin, tout ça.

— Effectivement, dis-je. Il est agréable de rentrer chez soi le soir dans le métier qu'on fait et de trouver à la maison un représentant de la nature.

— Oui, ça existe, dit le commissaire. Enfin, allez-y, mais prudemment. Prenez un taxi. Cette agglomération peut sauter d'un moment à l'autre. Ça ne tient que par habitude. L'autre jour, un type s'est mis à courir dans les rues en tirant des coups de fusil, comme ça, avec raison, sans raison, je veux dire. Alors vous, avec votre python... Les gens se sentent insultés dans leur train de vie. Allez, au revoir. Mais ne vous glissez plus dans les tuyaux à merde pour chatouiller la crapolette des honnêtes femmes. Je sais bien que ce n'est pas vous, c'est le python, mais c'est sous votre responsabilité. Et si vous êtes dévoré par le besoin de faire dégorger votre limace, allez chez ces dames.

Il ne quittait pas le python des yeux. Ce n'était évidemment pas tous les jours. Les bonnes putes le regardaient aussi, et même les flics. Ils voyaient bien qu'il y avait là quelque chose de naturel. Et puis quoi, c'était enfin quelqu'un d'autre.

— Oui, enfin, c'est une œuvre de longue haleine, dit le commissaire et comme personne ne savait de quoi il parlait, il y eut un moment d'espoir.

En rentrant, comme à propos, je trouvai sous la porte une feuille jaune : l'État des choses était venu chez moi pour me recenser. Je remplis la fiche avec empressement, car cela peut être utile en cas de doute, au cas où il faudrait prouver mon existence. Lorsqu'on va sur les trois milliards, avec six milliards prévus dans dix ans, on a beaucoup de mal, à cause de l'inflation, de l'expansion, de la dévaluation, de la dépréciation et de la viande sur pied en général.

On était vendredi et Mlle Dreyfus devait me rendre visite le lendemain à cinq heures.

Je fis des préparatifs. Je ne cherchais pas à impressionner Irénée par des artifices de présentation et de mise en valeur. Je voulais être aimé pour moi-même. Je me bornai simplement à prendre un bain prolongé pour laver les dernières traces du tuyau de canalisation. Je fus tiré de mon bain par un coup de téléphone, c'était naturellement une erreur, et à force de répondre toujours « c'est une erreur », je commence souvent à me sentir comme ça, je veux dire, comme une erreur. Je reçois un nombre incroyable d'appels téléphoniques de gens qui ne me connaissent pas et ne me demandent pas, je trouve ces tâtonnements à la recherche de quelqu'un très émouvants, il y a peut-être un subconscient téléphonique où s'élabore quelque chose de tout autre.

Je plaçai sur la table un petit verre avec des muguets et je disposai sur la nappe mon service de thé pour deux personnes, avec deux serviettes rouges en forme de cœur. Le service de thé pour deux personnes est en ma possession depuis fort longtemps déjà, car il convient de prodiguer à la vie les marques de confiance auxquelles elle est habituée et qui parfois réussissent à l'attendrir. Je ne savais pas du tout ce qu'il fallait servir avec le thé et je pensai à toutes les difficultés que j'avais eues à me faire aux habitudes alimentaires de Gros-Câlin, mais Mlle Dreyfus habitait déjà sous nos latitudes depuis longtemps et j'étais certain qu'elle s'était acclimatée et mangeait un peu de tout.

Je dormis fort peu, me préparant à la rencontre, avec des sueurs froides, car j'étais persuadé que Mlle Dreyfus allait vraiment venir et quand on a attendu l'amour toute sa vie on n'est pas du tout préparé.

Je réfléchissais, je me disais que ce qui manquait surtout pour le bon fonctionnement du système, c'était l'erreur humaine, et que celle-ci devait intervenir d'urgence. Mais enfin, comme l'avait dit Gros-Câlin, « pardonnez-leur, car ils ne savent pas ce qu'ils sont ». Je me permettrai également de faire remarquer à mes élèves, au cas où la publication du présent traité me vaudrait une chaise au Muséum, que la fin de l'impossible peut s'observer à son état printanier et prémonitoire sous les marronniers, sur les bancs du Luxembourg et dans les portes cochères, c'est ce qu'on appelle justement des *prologomènes,* de l'anglais, *prologue* aux *men,* hommes, au sens de *pressentiment.*

Passons maintenant à l'erreur humaine en question.

Je me tenais prêt à recevoir Mlle Dreyfus dès deux heures de l'après-midi, car elle avait annoncé sa visite pour cinq heures mais on connaît les embouteillages dans Paris.

J'avais placé Gros-Câlin bien en évidence sur le fauteuil près de la fenêtre, dans la lumière qui le faisait briller attractivement (de l'anglais *atractive,* attirant) car je comptais sur lui pour plaire.

Je portais un costume clair, avec une cravate verte. Il faut s'habiller bien, car vous courez ainsi moins le risque d'être écrasé en traversant, les gens font plus attention quand ils croient que vous êtes quelqu'un. J'ai le cheveu un peu blondasse et rare mais cela ne se voit pas heureusement, car j'ai un visage qui n'attire pas l'attention. Ce n'est pas gênant, au contraire, car cela fait mieux ressortir mes qualités intérieures que Gros-Câlin exprime mieux que personne par le dévouement que je lui témoigne. Je m'excuse de ce nœud, dû à la nervosité.

La sonnette de la porte retentit à quatre heures et demie et je fus saisi de panique à l'idée que c'était peut-être encore un faux numéro. Je me repris et courus ouvrir, en m'efforçant de paraître très décontracté, car une jeune femme qui se rend pour la première fois à un rendez-vous avec un python se sent toujours un peu mal dans son assiette et il convient de la mettre à l'aise.

Mlle Dreyfus se tenait devant la porte en mini-jupe et bottes fauves au-dessus du genou mais ce n'était pas tout.

Il y avait trois collègues de bureau avec elle.

Je les regardai avec une telle pâleur que Mlle Dreyfus parut inquiète.

— Eh bien, nous voilà, dit-elle, avec son accent chantant des îles. Qu'est-ce que vous avez, vous êtes tout chose, vous avez oublié qu'on venait?

Je les aurais étranglés. Je suis parfaitement inoffensif, contrairement aux préjugés, mais ces trois salauds-là, je les aurais saisis dans mon étreinte de fer et je les aurais étranglés.

Je leur souris.

— Entrez, leur dis-je, en ouvrant la porte d'un geste large, comme on offre sa poitrine.

Ils entrèrent. Il y avait là mon sous-chef de bureau Lotard, et deux jeunes de la section des contrôles, Brancadier et Lamberjac.

— Je suis content de vous voir, leur dis-je.

Ce fut alors que je fus réduit en miettes.

Dans mon deux-pièces, on entre tout de suite dans le salon. C'est ce qu'ils ont fait sans hésiter. Aussitôt, Mlle Dreyfus se tourna vers moi avec un très beau sourire. Mais les autres...

Ils ne regardaient même pas Gros-Câlin.

Ils regardaient la table.

Le petit bouquet de muguets.

Le service de thé pour deux.

Les deux serviettes en forme de cœurs, ces salauds-là.

Tout pour deux et deux pour tout.

164

Surtout le muguet, qui sent seulement pour deux, et les cœurs.

Je mourus sous leurs regards goguenards sur place mais fus aussitôt ressuscité, car on n'avait pas fini de rire.

C'était une terrible trahison. Une atrocité, au vu et au su.

Je me tenais là tout nu et il y avait de l'ironie dans l'air. Je ne suis pas du genre qui se suicide, étant sans aucune prétention et toute la mort étant déjà occupée ailleurs. Je n'étais pas intéressant, il n'y en avait pas assez pour un massacre et pour l'intérêt.

Je n'y avais pas droit, bien sûr. Je veux dire, le muguet qui sentait pour deux, le banc sous les marronniers au Luxembourg, les portes cochères, le service pour deux, les deux serviettes rouges en forme de cœurs.

Je n'y avais pas droit, il n'y avait jamais eu promesse, il y avait seulement un petit excédent de naissance pseudo-pseudo, et l'ascenseur.

Mais c'était une erreur humaine, l'espoir.

— C'est gentil, dit Mlle Dreyfus en regardant les deux cœurs.

Ils ne les quittaient pas des yeux non plus. Des regards lourds qui s'asseyaient dessus.

— Ça se glisse parfois dans le fonctionnement de l'IBM, bégayai-je.

Je voulais dire, une erreur humaine peut se produire dans le fonctionnement des meilleurs systèmes, mais je n'avais pas à me justifier, j'étais malgré moi.

— C'est un peu kitsch, dis-je, avec un effort héroïque pour aider les deux serviettes en forme de cœurs, car je me sentais à ce moment-là si faible qu'il me fallait absolument aider quelqu'un.

rois que nous sommes de trop, dit
, qui avait de l'entregent, et j'emploie ce
espoir de cause.
allons vous laisser, dit Lamberjac.
Les deux autres aussi. Bien sûr, ils se marraient
sans le montrer mais cela se sentait à la façon dont
j'avais mal.

Je me tournai au secours vers Gros-Câlin. J'avais
mis ma main gauche dans la poche de mon veston,
avec nonchalance. Il y avait des sirènes qui
hurlaient dans ma cachette intérieure où j'étais
enroulé sur moi-même pour me protéger de tous
côtés. Jean Moulin était mon chef secrètement
mais la Gestapo l'avait aussi piégé à un rendez-
vous, à Caluire. Je regardais Gros-Câlin. Il reposait
en anneaux, la paupière lourde, l'œil souveraine-
ment dédaigneux dans le fauteuil d'une tout autre
espèce. Il était bien camouflé et ses papiers étaient
en règle. Mais Jean Moulin avait dû se tuer pour ne
pas avouer qui il était.

— Comment ça vit, un python? demanda Brancadier, qui travaillait sous Lamberjac.

— Ils se sont habitués, lui dis-je.

— L'habitude est une seconde nature, dit Lamberjac avec profondeur.

J'acquiesçai sèchement.

— Tout à fait exact. On devient au hasard et on
tient le coup.

— L'adaptation au milieu, dit Lamberjac.

— C'est l'adaptation qui crée le milieu, obser-
vai-je.

— Qu'est-ce qu'il mange? demanda Brancadier.

Je remarquai alors que le sous-chef Lotard et
Mlle Dreyfus étaient passés dans la cuisine. Ils
devaient regarder ce que je mangeais dans le
frigidaire.

Je ne fis ni une ni deux. J'étais paralysé d'indignation.

D'ailleurs, les pythons n'attaquent pas. Tout ça, c'est des calomnies. Gros-Câlin était couché tranquillement dans son règne animal.

Je courus à la cuisine.

Mlle Dreyfus cherchait d'autres tasses dans le placard. J'ai entendu les deux autres rire dans le salon. Je croisai mes bras sur ma poitrine et je souris avec mépris, du fond de ma supériorité.

— Je vais vous attendre en bas, dans la voiture, dit Lotard. Je suis mal garé. A tout à l'heure. Il est très beau, votre python. Je suis content d'avoir vu ça. A lundi, monsieur...

Il allait dire « monsieur Gros-Câlin », je l'ai entendu distinctement.

— ...Monsieur Cousin. Et merci. C'est intéressant de voir un python en liberté.

Mlle Dreyfus ferma le placard. Évidemment, je n'avais pas de couverts pour plusieurs. Je ne compte jamais au-delà de deux, quand je suis seul. Je ne comprenais pas pourquoi Mlle Dreyfus me regardait comme ça.

— Vous savez, je suis désolée, dit-elle. Vraiment. C'est un malentendu. Ils voulaient voir le python...

Elle baissa les yeux, avec beaucoup de cils. Je crus même qu'elle allait pleurer, dans mon imagination. J'ai lu l'autre jour qu'un marin naufragé était resté trois jours dans l'océan à se noyer et qu'on l'avait repêché. Le tout est de continuer à respirer. J'avalais l'air. Elle paraissait toujours au bord de mes larmes, les cils baissés. Alors...

Alors, j'ai eu un sourire un peu amer, j'allai au frigidaire et l'ouvris largement.

— Vous pouvez regarder, lui dis-je.

A l'intérieur, il y avait du lait, des œufs, du beurre, du jambon. Comme tout le monde et avec les mêmes droits. Des œufs, du beurre, du jambon, on avait ça en commun. Je ne bouffais pas de souris vivantes, je ne m'étais pas encore soumis, résigné. J'étais une erreur humaine que d'affreux salauds essayaient de corriger, un point, c'est tout.

Je recroisai mes bras sur ma poitrine.

— Où est-ce qu'il est, votre python? me demanda-t-elle doucement.

Elle voulait me faire comprendre que je n'avais pas à me défendre, à donner des preuves. Mon caractère humain était pour elle clair et établi, le python, c'était l'autre.

Nous sommes passés dans le living.

Au passage, elle fit quelque chose d'énorme.

Elle me serra la main.

Je ne le compris que bien après, car sur le coup je crus que c'était seulement le hasard qui rencontrait la nécessité. Il y a en général plus d'organe que de fonction, et de toute façon, je ne crois pas que cela puisse arriver par voie urinaire.

Nous entrâmes d'un commun accord dans le living.

Lamberjac et Brancadier étaient penchés sur Gros-Câlin.

— Il est très bien entretenu, dit Lamberjac. Je vous félicite.

— Il y a longtemps que vous vous passionnez pour la nature? demanda Brancadier.

— Je ne suis pas au courant, dis-je, les bras toujours croisés. Je ne suis pas au courant, mais il est permis de rêver.

J'ajoutai, levant haut la tête et croisant les bras de plus en plus :

— La nature, la nature, c'est vite dit.

168

— Oui, l'environnement, dit Lambérjac. Il faut protéger les espèces en voie de disparition.

— Il faudrait pour cela une erreur, dis-je sans insister, car ils n'en avaient pas les moyens.

— Les grands singes, les baleines et les phoques sont également menacés, dit Brancadier.

— Il y a en effet quelque chose à faire, dis-je mais sans éclater de rire.

— Oui, les espèces, dit Lamberjac. Il y en a qui sont sur le point de s'éteindre.

Je demeurai imperturbable sous l'allusion.

— Il y a du pain sur la planche, dit Lamberjac avec l'air de quelqu'un qui a encore de l'appétit.

Il se tourna vers moi avec sa raie au milieu.

— Je vous félicite, mon cher. Vous au moins, vous faites un effort.

Je croisais mes bras sur ma poitrine avec une telle force que j'en éprouvai une véritable présence affective. Les bras sont d'une importance capitale pour la chaleur du réconfort.

Je continuais à dominer sans mot dire la situation. S'il n'y avait pas eu le désastre des deux serviettes en cœurs, je m'en serais tiré mine de rien. Mais elles étaient toujours là, toutes rouges, avec leur muguet, et je ne pouvais plus rien pour elles.

Mlle Dreyfus se refaisait une beauté près de la fenêtre, pour la lumière. Elle attendait que les autres partent mais ils étaient à la fête. On ne peut pas être comme tout le monde sans être entouré d'en vouloir et de s'en vouloir.

Je note rapidement et en passant que j'aspire de tout mon souffle respiratoire à une langue étrangère. Une langue tout autre et sans précédent, avec possibilités.

J'ai oublié également de mentionner dans ce contexte que chaque fois que je passe devant la boucherie rue des Saules, le boucher me cligne de l'œil, en touchant du couteau sa viande rouge qui se tait en silence à l'étalage. Les bouchers, évidemment, ont une grande habitude de la viande. Je voudrais tellement être Anglais et imperturbable. La vue de la langue muette sur l'étalage des bouchers me frappe d'injustice et de perroquet consterné au fond du panier. Il ne convient pas d'oublier que les perroquets consternés sont des spécimens particulièrement typiques à observer, en raison de leur manque d'expression par vocabulaire calculé, prémédité, répétitif et imposé d'avance, précisément, dans ce but de limite qui leur a été conféré. D'où consternation et œil rond au fond du panier frappé d'incompréhensible. On m'objectera qu'il y a évidemment les poètes qui luttent héroïquement pour passer au travers mais ils ne sont pas considérés comme dangereux, à cause des tirages extrêmement limités et des moyens audio-visuels chargés de les éviter. Sauf en Russie soviétique, où ils sont soigneusement foudroyés, à cause de leur caractère d'erreur humaine qui ne saurait être tolérée, pour la bonne marche des avortements et de la civilisation qui en dépend et y affaire. Affère.

Je me méfie particulièrement de ce boucher, parce qu'il aime les morceaux de choix, c'est connu dans tout le quartier.

Mlle Dreyfus mit le bâton de rouge dans son sac à main et le referma avec clic. Elle me tendit la main. Elle n'avait même pas regardé Gros-Câlin. Il y a toujours chez les Noirs une gêne au rappel de leurs origines, à cause de la jungle, des singes et des racistes. Il n'existe pas de race inférieure, car à l'impossible nul n'est tenu.

170

— Excusez-moi, mais je vais être en retard. A lundi. C'est gentil d'être venu.

Je crois que ce fut moi qui dit cette dernière phrase, avec savoir-vivre.

Lamberjac me tapota l'épaule.

— Je suis content d'avoir vu ça, dit-il. Il faut garder un lien avec la nature. Je vous félicite.

— Oui, c'est bien, c'est bien ce que vous faites, dit Brancadier avec patronage.

— Merci encore, dit Mlle Dreyfus. A lundi.

— A un de ces jours, leur dis-je, sans m'engager.

Je refermai la porte. Ils attendaient l'ascenseur. J'hésitai un moment, car au fond je ne voulais pas savoir mais c'était trop tard.

— C'est pas vrai! disait Lamberjac. C'est pas vrai! Vous vous rendez compte?

— Ah j' vous jure, ça valait le coup! disait Brancadier. Vous avez vu les deux cœurs sur la table?

— Qu'est-ce qu'il tient, celui-là! disait Lotard, qui était sans doute remonté pour la compagnie.

— Tu te rends compte d'une existence? disait Brancadier, pour se sentir plus haut et au-dessus.

— Pauvre mec, disait Lamberjac, différent lui aussi.

C'était démographique, chez eux : ils essayaient par tous les moyens de lever le nez au-dessus des flots. C'est une méthode respiratoire bien connue, par le nez, que l'on essaye de lever pour sauver sa respiration personnelle. C'est la personnalité, avec autosuggestion.

J'attendais derrière la porte pour le bénéfice du présent traité, dans un but documentaire.

Mlle Dreyfus ne disait rien.

Elle ne disait rien. C'est moi qui souligne.

Elle était émue, bouleversée, au bord des larmes.

C'était un silence comme ça, je l'entendais clairement en moi, avec évidence. J'appuyai ma joue
contre la porte de mon habitat, je l'appuyai
tendrement, comme si j'étais elle (Mlle Dreyfus),
et je souriais. Je sentais que nous étions tous les
trois dans la Résistance, dans le même réseau
clandestin et que nous faisions du bon travail. Et ce
n'était pas peu, pas peu de chose, vu l'organisation
mise sur pied par IBM pour empêcher l'erreur
humaine, en vue de sa suppression.

J'avoue cependant que l'épreuve à laquelle j'avais
été soumis me laissa tellement noué et enroulé sur
moi-même que je n'osai pas bouger de peur de me
faire encore plus mal.

Je me suis calmé peu à peu, et je fis un petit somme pour me récupérer. Je me récupérai du reste sans peine, indemne, avec toutes mes mutilations intactes et en bon état de marche. Je suis même allé dîner dans un restaurant chinois de la rue Blatte, où on est très bien, car l'endroit est tout petit, les tables et les personnes humaines sont très serrées les unes contre les autres et quand on est seul, on a l'impression d'être plusieurs, parce qu'on est au coude à coude fraternel avec les autres tables. On saisit des propos qui ne vous sont pas adressés, mais qui vous vont droit au cœur. On participe à des conversations, on profite des bons mots qui passent, et on a ainsi l'occasion de témoigner aux autres de son intérêt et de sa sympathie, et de leur prodiguer des marques d'attention. C'est la chaleur humaine. Là, dans cette ambiance fraternelle, je m'épanouis, je fais le boute-en-train dans mon fort intérieur, le cigare aux lèvres, je suis bien. La compagnie et la bonne franquette, c'est tout à fait mon genre. Je sais d'ailleurs parfaitement que l'on ne peut pas emmener son python dans un restaurant et je fais ce qu'il faut pour respecter les convenances. Cela s'était particulièrement bien passé ce jour-là, il y avait des couples d'amoureux, l'un à gauche, l'autre à droite, et j'ai eu droit à des mots doux, tendres, à la main serrée, à tout. C'est le meilleur restaurant chinois de Paris.

Je suis rentré chez moi mais après une journée aussi remplie, j'ai eu du mal à m'endormir. Je me suis levé deux fois pour me regarder dans la glace des pieds à la tête, peut-être y avait-il déjà des signes. Rien. Toujours la même peau et les mêmes endroits.

Je pense que lorsqu'il y aura ouverture, cela ne se fera pas d'ici, mais de là-bas. Un moment de distraction dans la bonne marche, avec début de bonté, à la suite d'inattention. Je me suis d'ailleurs toujours demandé pourquoi le printemps se manifeste seulement dans la nature et jamais chez nous. Ce serait merveilleux si on pouvait donner naissance vers avril-mai à quelque chose de proprement dit.

Je me suis donc examiné des pieds à la tête, mais je n'ai trouvé qu'un grain de beauté sous l'aisselle gauche qui était peut-être déjà là auparavant. Il est vrai qu'on était en novembre.

J'allai chercher Gros-Câlin mais il était de mauvais poil, refusa de s'occuper de moi et se coula sous le lit, ce qui est sa façon de mettre une pancarte avec « prière de ne pas déranger ». Je me recouchai, avec une horrible impression de mortalité infantile. J'entendais dehors les avions à réaction qui vrombissaient, les police-secours qui perçaient la nuit dans un but bien déterminé, les véhicules qui avançaient et je tentais de me réconforter en me disant que quelqu'un allait quelque part. Je pensais aux oranges de la lointaine Italie, à cause du soleil. Je me répétais également qu'il y avait partout des extincteurs d'incendie et que l'on continuait même à les fabriquer avec prévoyance, et que ce n'était quand même pas pour rien, de vaines promesses, que c'était malgré tout en vue de et dans le domaine du possible. Ma fenêtre est assez éclairée de l'extérieur par voie publique et s'il y avait une de ces échelles extensibles qui montent en cas d'urgence jusqu'à n'importe quel étage pour sauver les victimes, j'aurais pu apercevoir une silhouette humaine à l'horizon. Il est d'ailleurs parfaitement possible que l'on cherche à m'isoler, à me découvrir et à m'identifier, à me décrire et à m'introduire pour l'autodéfense de l'organisme, comme Pasteur ou la pénicilline, mais dans l'ensemble je crois qu'il y a des prix Nobel qui se perdent. Finalement, je me suis levé sous prétexte de pisser, j'ai pris Blondine dans le creux de ma main et la plaçai sous ma protection. A plusieurs reprises, elle toucha ma paume de sa mini-truffe et c'était comme le baiser d'une goutte de rosée.

Le jour suivant j'étais très en avance en arrivant à la STAT, car j'étais angoissé et j'avais peur d'être en retard, au cas où quelque chose se produirait. Je dois avouer aussi sans fausse honte que je redoutais un peu de revoir Mlle Dreyfus au lendemain de notre intimité. Je pensais nerveusement à toutes les choses que nous ne nous sommes pas dites mais que nous avions néanmoins échangées d'une manière tacite et par affinité. J'ai lu dans l'*Histoire de la Résistance* en cinq volumes pour se rattraper, qu'il y avait ainsi un courant mystérieux souterrain du grand fleuve Amour qui circulait en profondeur avec complicité, et qu'il suffisait d'un moment de faiblesse pour s'y rejoindre et pour que l'impossible cessât d'être français. C'est justement à cause de sa faiblesse que l'on parle de l'étincelle sacrée, il y a là une très grande justice dans l'expression, car c'est en général seulement là qu'elle se trouve. Ceux qu'on appelait alors les « résistants », au sens propre du terme, sortaient avec toutes sortes de prudences et de ruses de Sioux de leurs forts intérieurs, se rejoignaient subrepticement et il s'allumait alors de grandes et belles choses. Des illuminations. C'étaient donc des êtres de la *même espèce*. Je le souligne pour le salut et pour le bon entendeur. Je ne suis pas un incendiaire, je parle dans le sens de chaleur, les étincelles sacrées servant surtout aujourd'hui à se réchauffer les mains.

Il y eut, ce jour-là, selon les informations parvenues par télex à la STAT, qui est spécialisée dans les calculs de rendement, une nouvelle arrivée de bras — dans le sens bien connu de « l'agriculture manque de bras » — dont le chiffre pour la France, la France seule ! se montait au capital de trois cent mille, immédiatement vocabularisés sous forme de nouveau-nés, avec des mères de famille heureuses parce que cela arrivait enfin à quelqu'un d'autre. Je pus tout de suite voir que mon IBM était contente, il y eut même sur le clavier une espèce de sourire : on n'allait pas manquer, et c'est toujours très important pour la machine. Trois cent mille de nouvelles arrivées par voies urinaires, c'est ce qu'on appelle le revenu national brut. Je me bornai à aller boire un café, car je ne me prends pas pour Jésus-Christ et après tout, le plein emploi du foutre, les besoins de l'expansion, l'agriculture qui manque de bras, les nouveau-nés pseudo-pseudo et l'encouragement de la vache française et la compétition de nos banques de sperme avec la Chine, ce ne sont pas là pour moi, ni d'ailleurs pour Jésus-Christ, des problèmes de naissance.

Au café, j'ouvris courageusement mon journal et je lus dans ce contexte que le Ministre de la Santé qui s'appelait alors provisoirement Jean Foyer, s'était vigoureusement prononcé contre l'avortement, à la tribune démocratique, dans le sens du pareil au même. Il déclara, et c'est moi qui cite, à cet égard : « J'ai certaines convictions auxquelles je ne renoncerai jamais. » J'étais content. Moi aussi, je suis contre l'avortement, des pieds à la tête. Je suis pour l'intégrité de la personne humaine, des pieds à la tête, avec droit à la naissance. Moi non plus, j'ai « des convictions auxquelles je ne renoncerai jamais ». Moi aussi, je préfère que ce soient les autres qui y renoncent. Moi aussi, j'attache une grande importance à mon confort et à ma propreté. Moi aussi, je me lave les mains.

Il y a même chaque jour dans le journal une page consacrée aux manifestations artistiques et culturelles sustentatoires dans un but de consolations de l'Église et d'inaperçu. L'inaperçu avec continuation est le grand but de ces encouragements. C'est le pseudo-pseudo. Moi, je suis pour. Ça permet de mieux cacher Jean Moulin et Pierre Brossolette, vous pensez bien que ce n'est pas là qu'on irait les chercher.

Et ça donne même plus de goût au café expresso bien fort à l'italienne, car c'est authentique.

J'étais donc tranquillement accoudé lorsque qui je vois à l'autre bout du comptoir? Le garçon de bureau. Comme ça, comme par hasard, en pleine cheptelisation. C'est un petit râblé du genre Français, avec un regard rieur et gai en même temps, mais pas du tout vachard. Il buvait un café, lui aussi, accoudé à l'abreuvoir de zinc, mine de rien avec clin d'œil en coin. C'est-à-dire, il ne me clignait pas de l'œil, mais je sentais qu'il aurait pu. Je lui ai fait dans ce but un petit salut, mais il ne réagit pas, rien. Pas même bonjour. Mon cœur s'est glacé, comme chaque fois qu'il y a manifestation de rejet et échec de greffe du cœur. On n'avait absolument rien à nous dire mais c'était le même rien, on l'avait vraiment en commun. Il se tenait là accoudé au zinc de l'avortoir et il mangeait un œuf dur, buvait un café et rien d'autre. Il y avait une lueur contente dans son regard, mais c'était le café, ce n'était pas moi. L'appréciation, la satisfaction, l'amitié même que les gens peuvent témoigner à une vulgaire tasse de café, c'est pas croyable. Et puis, il s'adressa à moi, mû sans doute par un pressentiment, car c'est incontestablement quel-qu'un qui continue de croire à la chance avec ses deux mains, je veux dire, il croit que la chance c'est quelque chose que l'on peut faire avec ses mains, au sens orgueilleux du terme.

— J'ai pensé à toi, hier.

Comme ça, droit au cœur.

— Et je t'ai apporté quelque chose, tiens...

Il sortit de sa poche tout simplement un feuillet imprimé d'avance et me le tendit.

— Apprends-le par cœur. Ça te fera du bien, rien qu'à savoir que ça se peut et que ça existe.

Il jeta une pièce de un franc et s'en alla d'un pas sûr et certain, les mains dans les poches, qui ne craint ne craint rien ni personne et se dirige vers la sortie. Le genre de mec qui fait lui-même ses portes, quoi. Ça m'irrite parce que ça m'inquiète, comme s'il y avait quelque chose à faire.

Je regardai la feuille. C'était très mal imprimé, à la ronéo. Je dus mettre mes lunettes. Il y avait un titre. *Comment fabriquer des bombes à domicile avec des produits de première nécessité...*

Je crus que mon cœur allait s'arrêter. C'est une croyance populaire. Et s'il y avait des gens en civil dans le bistro, pour m'avoir à l'œil? Vite, j'ai déchiré le prospectus. Je voyais une espèce de brouillard qui flottait et les phares aveuglants par leur lumière qui me fouillaient dans les moindres recoins et sonnaient à la porte à six heures du matin, en manteaux de cuir noir. J'étais épouvanté à l'idée que j'avais oublié d'enlever les portraits de Jean Moulin et de Pierre Brossolette de mes murs et que les phares-poursuite allaient voir ça du premier coup. J'ai même entendu clairement la sonnette à six heures du matin, bien qu'on fût au comptoir, parmi les croissants et les œufs durs. Chez moi la panique prend toujours des formes humaines, avec coup d'État militaire au Chili,

180

torture en Algérie, conflit israélo-arabe et paix au Vietnam. C'est tout de suite le règne intérieur de la terreur, alors qu'ailleurs tout est si paisible. On n'a pas suffisamment noté que la peur abjecte et l'horreur sont des états de parfaite lucidité, avec prise de conscience objective de l'existoir, avec conséquences et ce qui en suit. La confusion psychique totale témoigne d'un jugement parfaitement juste et de l'état des choses. L'angoisse doit être à tout prix encouragée chez les prématurés dans un but de naissance. On peut naître de peur, c'est bien connu.

Je me ressaisis cependant très vite, juste au moment où j'allais confesser que je cachais chez moi un python juif. Je me repris en main et à mon propre compte, avec la virtuosité d'un habitué de la clandestinité, pour que vive la France. Je finis mon café mine de rien et en commandai même un autre, là, bien en évidence pour bien marquer que je n'avais aucune intention de fuir. J'ai tout lu sur la Résistance de l'Intérieur, mais je savais aussi que cette fois c'était très différent : on ne fusille plus au Mont-Valérien.

J'essuyai la sueur du comptoir et repris ma pipe, avec mon air anglais. Ce garçon de bureau commence à me courir sérieusement. Quand il me regarde de son air populaire, on dirait qu'il sait et qu'il compte même les nœuds que je fais. Si on n'a plus le droit d'être chez soi...

Pour les organismes vivants qui n'ont pas de moyens de défense, et qui sont traqués de tous côtés par la liberté qui refuse de s'avouer impossible, la clandestinité est la seule solution. Il est évidemment convénient à cet égard de rompre tous rapports avec elle, avec paix de l'esprit et uniforme nazi, mais je ne l'accepterais que si cela venait de gauche. Je suis insécurisé à cet égard, et je ne puis accepter que des produits garantis d'origine. Le label est de toute importance en matière de paix de l'esprit, car on sait avec lui que la matière est louable. Il n'y a pas en ce moment, heureusement, de vraie menace fasciste, car tout se passe très bien sans ça. Les gens qui vous menacent de péril fasciste s'accrochent à un espoir désespéré et à une raison de vivre. Je sais bien que l'uniforme fasciste me cacherait mieux que la clandestinité intérieure, mais le présent est un ouvrage sur les pythons, et je sais avec expérience, observation personnelle et certitude que les pythons rêvent de tout autre chose, car ils savent qu'à la fin, c'est avec leur peau que l'on fabriquera les bottes, les boucliers et les ceinturons, avec manteaux de cuir à six heures du matin. Je me suis donc aménagé toutes sortes de cachettes intérieures et de possibilités de repli sur moi-même, car cette question de l'habitat est la première qui se pose aux pythons dans un agglo-mérat de dix millions de personnes, avec va-et-vient. Et lorsque je sors de là pour aller au bureau ou chez les bonnes putes, je ne risque pas grand-chose, parce que les gens dans l'agglomérat parisien n'ont pas le temps, à cause des difficultés de circulation dans l'existoir.

Je pus enfin quitter le café d'un air innocent et vis arriver Mlle Dreyfus à neuf heures pile. Elle me fit un très beau sourire avec ses lèvres et ses muscles faciaux, en entrant dans l'ascenseur. J'étais très ému, car lorsque les amoureux se revoient après la première rencontre dans l'intimité, il y a toujours une certaine gêne, une nervosité compréhensible. C'est la psychologie qui fait ça. Je ne savais même pas si elle avait des parents à Paris et si elle les avait mis au courant. Et il vaut mieux qu'il y ait des choses qui restent timides, qui ne soient jamais dites. Il y a déjà tant de mégots qu'on ramasse sous les pieds des autres.

— Bonjour. Vous nous avez reçus très gentiment samedi.

Là, j'ai été formidable. Je saisis l'occasion en vol et j'ai fait un pas de géant.

— Vous allez parfois au cinéma ? demandai-je.

Comme ça, très décontracté. Il y avait cinq personnes dans l'ascenseur et ça a fait l'effet d'une bombe. Enfin, ça m'a fait l'effet d'une bombe. Les autres faisaient comme si rien n'était. Ils n'avaient pas l'air de comprendre que j'invitais Mlle Dreyfus au cinéma, tout simplement.

— Très rarement. Quand je rentre chez moi, le soir, je suis très fatiguée... le dimanche, je me repose.

Elle me faisait ainsi comprendre que pour moi, elle ferait une exception. Et aussi, qu'elle ne traînait pas dehors mais s'occupait de son intérieur, faisait la cuisine, soignait nos enfants, en attendant mon retour à la maison. J'allais aussi sec lui proposer de sortir ensemble, le dimanche prochain, mais on était arrivé. On s'est retrouvé sur le palier et elle me dit avant de se diriger vers son bureau d'un air plein de sens :

— Vous vivez vraiment très seul.

C'était dans le sac. On ne peut pas être plus clair sur le palier.

— Il faut vraiment se sentir sans personne pour vivre avec un python... Allez, à un de ces jours, peut-être.

Je restai là rayonnant à respirer son parfum. Elle me resourit avant de partir, en écartant les lèvres par une contraction musculaire, et le sourire est resté sur le palier un bon moment, avec le parfum. Je suis arrivé devant mon IBM avec un quart d'heure de retard, j'ai dû demeurer sur le palier un quart d'heure avec son sourire.

Je sentais que les événements se précipitaient et je décidai d'acheter un bouquet de fleurs et de lui faire une surprise. Au lieu d'être en bas devant l'ascenseur, comme tous les jours que Dieu fait, j'allais me placer en haut, sur le palier, et elle allait s'inquiéter, se demandant ce qui m'était arrivé pendant tout le voyage, si j'étais peut-être malade et boum! elle allait tomber sur moi en sortant, qui l'attendais, un bouquet de violettes à la main, d'où émotion, aveux et banc du Luxembourg en fleurs sous les marronniers.

J'ai passé une nuit formidable. Ça chantait en moi avec chœurs et tympans, tous en costumes folkloriques, c'était la fête, toutes les places étaient prises jusqu'au moindre recoin. Je souriais dans le noir avec applaudissements. Parfois je sortais pour saluer. J'avais placé le bouquet de violettes dans un verre d'eau, car il ne leur en faut pas davantage. C'est fou ce qu'une présence féminine peut faire pour un intérieur.

Je fus sur le palier du neuvième étage à huit heures quarante-cinq, pour le cas où Mlle Dreyfus serait en avance, dans son impatience. Je me tenais prêt à ouvrir devant la porte de l'ascenseur, le bouquet de violettes à la main.

Neuf heures, neuf heures cinq, rien. Les autres employés arrivaient les uns après les autres et je finis par ne plus leur ouvrir la porte, pour éviter l'infériorité.

Neuf heures quinze.

Vingt.

Rien.

Eh bien, je ne me suis pas replié. J'ai tenu bon, sans céder un pouce du terrain plutôt que de reculer, malgré les sourires amusés, sans céder à leur caractère humain, inhumain, enfin, l'un dans l'autre. Avec le bouquet de violettes, qui continuait à sentir bon.

A neuf heures vingt-cinq, toujours pas de Mlle Dreyfus. J'avais très chaud, j'étais couvert de sueur froide, je commençais à me nouer. Et puis, je compris dans une illumination que Mlle Dreyfus m'attendait en bas, devant l'ascenseur, pour le prendre comme d'habitude et plus que jamais ensemble, et ne me voyant pas arriver, elle attendait toujours. Je ne fis ni une ni deux et dégringolai les neuf étages, mais elle n'était plus là, l'ascenseur venait justement de remonter et elle l'avait pris de guerre lasse et je regrimpai les neuf étages au grand galop mais trop tard, il n'y avait plus personne sur le palier et l'ascenseur redescendait. L'idée du terrible malentendu qui me menaçait de toutes parts, car Mlle Dreyfus pensait peut-être que je lui faisais faux bond, que j'avais changé d'avis au dernier moment parce qu'elle était une Noire, me causa un tel choc que je dus m'asseoir sur les marches avec mon bouquet de violettes dans le verre d'eau à mes côtés. C'était terrible. Je ne demandais qu'une seule chose : avoir des enfants Noirs, qu'on puisse se serrer les coudes au sein d'une même famille, eux, moi, Mlle Dreyfus et Gros-Câlin. J'étais même prêt à vivre avec eux dans une caverne comme à leurs origines. Le racisme m'est une chose complètement étrangère, j'ai tout ce qu'il faut pour ça. Il fallait mettre fin à ce malentendu coûte que coûte. Mlle Dreyfus était sans doute dans son bureau, en train de se sentir seule et humiliée.

Je n'ai pas hésité une seconde. J'ai fait le tour de tous les bureaux, mon bouquet de violettes à la

186

main dans un verre d'eau. Je ne regardais même pas les noms sur les portes qui riaient de moi. J'y allais de main morte. Mais ce qu'on appelle morte, décapitée et en plus, avec l'absence de tout le reste. J'ouvrais, j'entrais, sans même dire bonjour : à ce moment-là, j'étais capable de tout. Je me suis trouvé ainsi dans le bureau du directeur, le bouquet tendu.

— Dites donc, Cousin, qu'est-ce qui vous prend?

Je n'arrivais pas à reprendre mon souffle, vu les étages et avec haine.

— Vous m'apportez des violettes, à présent?

— Ah non, merde! lui dis-je dans un cri du cœur sans même frémir, car j'étais capable de prendre la Bastille, à ce moment-là, pour me délivrer. Je cherche une amie, Mlle Dreyfus.

— C'est pour elle, les fleurs?

— Je n'ai rien à dire à ce sujet.

Je m'en foutais. J'éprouvais une telle horreur que je n'avais même plus peur. Je savais bien que je risquais tout mon avenir, mais je ne risquais rien, parce qu'il n'y a pas d'avenir sans deux. Un avenir, c'est deux avenirs, c'est élémentaire, ça s'apprend au berceau, il ne faut pas me faire chier ou je deviendrai vraiment mauvais. Putain de merde, si on continue à me faire chier, je vais fabriquer des bombes chez moi avec des produits de première nécessité.

— Calmez-vous, mon vieux.

C'est tout ce qu'ils veulent, ces salauds-là : du calme. J'allais te leur foutre du calme mon z'ami, plein la gueule, avec ratiboisement et extinction sur l'ensemble du front.

Mais j'ai réussi à sauver la civilisation.

— Je vous demande pardon, monsieur le Directeur, dis-je. Je dus me tromper d'endroit. Je cherche ma collègue, Mlle Dreyfus.

Je me dirigeai vers la porte.

— Mlle Dreyfus ne travaille plus ici. Elle nous a quittés.

Je gardai la main sur le poignon. Le mognon. Enfin, la poignée, je veux dire.

— Quand ça?

— Eh bien, avec le préavis d'usage. Vous ne saviez pas?

La porte était coincée. Ou c'était peut-être moi. Quelque chose était absolument coincé, en tout cas. Je n'arrivais pas à tourner la poignée. C'était un de ces trucs ronds, en cuivre, qui glissent. Il n'y a pas prise.

Je faisais des efforts de gauche à droite et de droite à gauche mais c'était complètement coincé à l'intérieur. Noué. J'avais fait encore plus de nœuds que d'habitude et je n'arrivais pas à ouvrir.

Je sentis la main du directeur sur mon épaule.

— Eh bien, eh bien! Vous en faites une tête... Allons, calmez-vous... Alors, c'est le grand amour?

— Nous allons nous marier.

— Et elle ne vous a pas prévenu qu'elle partait?

— Quand on a tant de choses à se dire, il y a des détails qu'on oublie.

— Mais comment se fait-il qu'elle ne vous ait pas dit qu'elle quittait son travail pour rentrer en Guyane?

— Je vous demande pardon, monsieur le Directeur, mais ça s'est coincé. Je n'arrive pas à ouvrir cette porte.

— Permettez... Voilà. Il suffit de tourner.

— Je pense que les vieilles poignées de nos ancêtres avec manches tout droits et simples étaient beaucoup plus pratiques. Ça glisse dans la main, cette saloperie-là, on n'a pas prise.

Le directeur gardait la main sur mon épaule comme chez lui.

— Oui, je vois, c'est bien ça... On n'a pas prise... Ça échappe. Vous avez peut-être raison, Cousin.

— C'est mal conçu, mal foutu, si vous voulez mon avis, monsieur le Directeur.

— Exact.

— C'est même absolument dégueulasse et inadmissible, voilà, monsieur le Directeur. Je le dis comme je le pense et j'en pense quelque chose, je puis vous en assurer.

— Bien sûr, bien sûr, mais ce n'est pas une raison, Cousin, allons. Tenez, prenez mon mouchoir.

— Ça glisse dans la main, cette saloperie, un point c'est tout, il n'y a pas à chier.

— Il n'y a pas à...

— ...A chier. A chier, monsieur le Directeur, et du fond du cœur. Bien sûr, si on serre très fort, si on s'accroche... Mais je pense que les portes doivent s'ouvrir plus facilement.

— Vous avez raison... Remettez-vous. Ce sont là des choses qui arrivent. Vous êtes très bien noté. Il y a des machins électroniques qui s'ouvrent automatiquement quand on met les pieds en avant.

— Les pieds en avant, évidemment, c'est facile.

— Il faudra peut-être que j'installe quelque chose de ce genre.

— Je ne suis d'ailleurs pas chez moi, ici, monsieur le Directeur, et je vous prie de m'excuser. Je n'ai pas été programmé.

— Mais pas du tout, Cousin, vous êtes au contraire bien chez vous, ici, je veux que vous le sachiez, que vous le sentiez, que vous en preniez conscience et que vous le disiez aux autres. C'est la participation, Cousin, la grande idée de la participation. C'est votre organisation, votre société et votre maison.

— Je vous remercie, monsieur le Directeur, mais je ne suis pas chez moi, parce que je n'y suis pour rien. Cette remarque que j'ai faite à propos de votre porte et de votre poignée est tout à fait déplacée. Je vous prie de croire qu'elle n'avait rien de personnel.

— Mon cher Cousin, vous êtes en proie à une émotion d'ordre intime et je vous prie à mon tour de croire que je sympathise, car nous sommes tous une grande famille.

— Je le sais, monsieur le Directeur, je prépare un ouvrage là-dessus.

— C'est très bien et je vous en félicite. A propos, on m'a signalé que vous élevez un python?

— Oui. Il a déjà deux mètres vingt.

— Et il continue à grandir?

— Non, je ne crois pas qu'il devienne plus grand, il prend déjà toute la place que j'ai à lui offrir.

— Ça ne doit pas être commode de vivre tout le temps avec un reptile.

— C'est une question que je ne lui ai jamais posée, monsieur le Directeur. Je saisis cette occasion pour vous remercier de la sympathie et de la bienveillance que vous m'avez témoignées. Je ne manquerai pas d'en faire état dans mon ouvrage.

— Mais je vous en prie, mon cher Cousin, ne me remerciez pas. Je ne puis que vous le répéter, nous sommes une grande famille. Et je suis toujours heureux de recevoir un collaborateur et de m'entretenir avec lui. Je tiens énormément à l'esprit d'équipe. Il n'y a rien de plus beau. Allez, au revoir, au revoir. Et n'y pensez plus, d'ailleurs je vais peut-être installer un de ces ouvre-boîtes électroniques. Ouvre-portes. Il faut faciliter la vie, elle est déjà bien compliquée sans ça. Mes amitiés chez vous.

Je pus enfin sortir et me précipitai à la section du personnel, où je demandai l'adresse de Mlle Dreyfus et pris le métro. Les gens souriaient de haut en regardant le bouquet de violettes que je tenais à la main dans un verre d'eau pour qu'il ne se fane pas prématurément. Je suis monté dans l'appartement rue Roy-le-Beau au cinquième sans ascenseur et sans perdre une goutte mais il n'y avait personne. J'ai demandé à la concierge s'il n'y avait pas de message pour moi mais elle m'avait fermé la porte au nez selon l'usage. Je suis revenu au bureau et j'ai fait face à mes obligations statistiques jusqu'à sept heures mais j'ai eu beaucoup de mal parce que je tendais au zéro à une vitesse vertigineuse. J'avais mis les violettes devant moi sur le bureau. Je fus pris d'une sorte de sympathie pour l'IBM à cause de son absence de caractère humain. A sept heures trente je fus de retour devant l'appartement de Mlle Dreyfus qui n'était pas encore rentrée et je suis resté jusqu'à onze heures assis dans l'escalier avec violettes.

Vers onze heures, le désespoir me saisit, ce qui est très rare chez moi, car je suis peu exigeant et n'ai pas le goût du luxe. La vérité, c'est qu'il y a une quantité incroyable de gouttes qui ne font pas déborder le vase. C'est fait pour ça. J'éprouvai à nouveau cette sensation bien connue battant tous les records, avec sous-alimentation et famine affective, particulièrement fréquentes chez ceux qui sont assis sur les marches de l'escalier dans le noir avec un bouquet de violettes dans un verre d'eau. Elle

191

ne pouvait pas être partie. On ne part pas comme ça pour la Guyane sans un moment d'adieu. Onze heures dix. Rien. Je demeurai assis dans le noir parce que c'était le dernier quart d'heure, comme toujours, et il fallait tenir.

A onze heures et demie je fus pris d'un tel besoin de tendresse et d'amour que je suis allé chez les bonnes putes. Je suis allé rue des Pommiers, comme d'habitude. J'ai cherché Greta qui avait les bras longs mais je me suis rappelé qu'elle était allée travailler en appartement. Il y avait là cependant une grande blonde qui était moins bien sous tous rapports que les autres et je me dis qu'elle allait me témoigner plus de tendresse que les autres, par gratitude. Nous allâmes à l'hôtel des Professions Libérales, au coin.

La bonne pute me dit qu'elle s'appelait Ninette et je lui dis que je m'appelais Roland, ça m'est venu comme ça. Elle me mit tout de suite à l'aise :

— Viens sur le bidet, chéri, que je te lave le cul.

C'est toujours la même musique. Je me mis à cheval sur le bidet à contrecœur. Il ne faut pas croire que les objets n'existent pas non plus. J'ai souvent pour eux des sentiments chrétiens. J'étais assis à poil sur le bidet avec mes chaussettes et je pensais que la vie d'un bidet, c'est quelque chose.

La bonne pute s'est mise à genoux devant moi le savon à la main.

Je pensais à la vieille dame que je connaissais,

qui tenait autrefois une maison, et qui m'expliquait que de son temps les jeunes filles lavaient seulement devant, jamais derrière, mais que les mœurs étaient devenues plus raffinées. Le niveau de vie était monté, les gens savaient à présent ce qui était bon, à cause de la publicité, et ce à quoi ils avaient droit, à cause de l'abondance des biens avec participation et quels étaient les morceaux de choix et les meilleures plages.

— Comme ça, si tu veux que je te fasse feuille de rose, dit-elle, en me savonnant le cul, tu seras tranquille.

— Je n'y tiens pas du tout, lui dis-je.

— On ne sait pas avant, des fois que tu auras l'inspiration. C'est désagréable de couper l'inspiration pour se lever et aller se laver le cul. Ça coupe l'émotion.

— Ne fourre pas le doigt dedans, j'ai horreur de ça, et avec le savon, ça brûle. Merde.

— En amour, on peut tout faire, à condition de bien laver avant. Ne reste pas sur le bidet avec ton bouquet de violettes à la main. Tiens, pose-le ici. C'est pour moi?

— Non.

Elle me pomponnait le derrière, accroupie devant moi. C'était un terrible malentendu, comme tout le monde.

— Tu devrais enlever les chaussettes, mon chéri, c'est plus joli. Qu'est-ce que tu fais dans la vie?

— J'élève un python.

— Qu'est-ce que c'est?

Je n'ai pas répondu. Il y avait des recoins où elle n'avait pas à fouiller.

— Là, comme ça, tu es tout propre. Viens t'allonger.

Elle a posé une serviette éponge sur le lit. Elle

194

s'est couchée à côté de moi et a commencé à me sucer les tétons. Mme Louise m'a dit que dans les rapports non rétribués, les femmes honnêtes ne sucent jamais les tétons à leurs fréquentations, à cause de l'ivresse, de l'égarement nécessaire, ce qui exclut le méticuleux, mais que dans les rapports comptants, ça se fait toujours.

— Tu aimes ça?

— C'est aimable. Écoute, Ninette, fais-moi un gros câlin.

— C'est pour la tendresse, alors?

— Ben oui, évidemment, pourquoi tu crois que c'est?

Elle me prit dans ses bras. J'étais bien tombé, elle avait les bras longs. J'étais bien.

— J'ai un client comme ça, il faut que je le prenne dans mes bras et que je le berce en lui murmurant « dors mon bébé dors ta maman est là » et alors il fait pipi sous lui et il est content.

— Ah non merde, dis-je.

J'aurais mieux fait de rester avec Gros-Câlin.

— Quoi? Qu'est-ce qui te prend?

Je me levai.

— Il faut quand même y mettre un peu de cœur, merde! gueulai-je.

— Un peu de…?

— Ça suffit pas de laver le cul à un mec! gueulai-je. Et tu m'as foutu trop de savon dedans! Ça brûle!

— Le savon peut pas te faire du mal.

— Il ne me fait pas de bien non plus!

J'enfilai mon pantalon.

— Tu fais pas l'amour?

— Tu sais comment on appelait les bordels, quand il y avait encore une France? On appelait ça « les maisons d'illusion »! Je veux pas qu'on me foute du savon dans le cul! Tu parles d'une illusion! Tu veux que je te dise? Tu remplis pas ton contrat, voilà!

Elle se leva, elle aussi.

— T'en fais, des histoires! Il faut bien qu'on lave le cul des clients, sans ça on attrape des amibes, n'importe quel médecin te le dira. Je veux bien lécher le cul des clients mais il faut être propre. On est pas des sauvages!

J'étais déjà dehors. Mais je dus revenir, parce que j'avais oublié mon verre d'eau avec les violettes. J'aurais pu évidemment laisser les violettes se faner et en acheter d'autres pour Mlle Dreyfus, mais je m'étais déjà attaché à celles-là, à cause de tout ce qu'on avait vécu ensemble.

Je suis parti et je courus vite rue du Roy-le-Beau pour voir si Mlle Dreyfus n'était pas rentrée mais il n'y avait personne. J'ai voulu laisser les violettes devant la porte mais j'avais de la peine à m'en séparer, c'était le dernier lien qui m'unissait à Mlle Dreyfus et je suis rentré chez moi à pied avec elles. Je marchais dans les rues du grand Paris avec mon foulard, mon chapeau, mon pardessus et mon verre d'eau et je me sentais un peu mieux, à cause du courage du désespoir. Je regrettais à présent de ne pas avoir fait l'amour avec la bonne pute — je répète pour la dernière fois, ou je vais me fâcher, que je prends ce mot dans son sens le plus noble et le plus heureux — car j'éprouvais un surplus américain de moi-même pour cause d'absence et de zéro, dont seules la tendresse et une douce étreinte pouvaient me débarrasser. Lorsqu'on tend au zéro, on se sent de plus en plus, et pas de moins en moins. Moins on existe et plus on est de trop. La caractéristique du plus petit, c'est son côté excédentaire. Dès que je me rapproche du néant, je deviens en excédent. Dès qu'on se sent de moins en moins, il y a à quoi bon et pourquoi foutre. Il y a poids excessif. On a envie d'essuyer

ça, de passer l'éponge. C'est ce qu'on appelle un
état d'âme, pour cause d'absence. Les bonnes putes
sont alors d'un secours bien connu mais que l'on
passe sous silence et sous mépris, pour éviter la
hausse des prix. Mais moi je trouve que la vie pour
rien, c'est ça, la vie chère.

Je me suis rappelé que Greta dispensait chez une
dame en appartement et qu'on y était reçu jusqu'à
une heure du matin, à cause des cas d'urgence.
J'avais l'adresse dans mon portefeuille, *chez Astrid*,
11 rue des Asphodèles, dans le quatorzième. Je pris
un café au comptoir en face pour me tenir
compagnie jusqu'à une heure moins dix, car à ce
moment-là on n'attend plus personne, on croit que
c'est fini et quand le client arrive, c'est la bonne
surprise. Je montai à moins douze pile et je sonnai.
Une femme de chambre m'ouvrit et derrière elle il
y avait une dame bien et tout sourire.

— Bonsoir, madame. Je voudrais Greta.

— Greta n'est pas de service aujourd'hui. Mais
j'ai trois autres jeunes femmes charmantes. Entrez.
Je vous les ferai voir.

J'entrai dans un salon avec des bibelots et des
meubles et me suis assis dans un fauteuil mou.
J'étais très gêné d'avoir à choisir, car je ne voulais
pas avoir l'air de préférer une fille à l'autre, pour ne
pas faire de la peine, à cause de la fierté féminine.
Je voulais prendre la première avec enthousiasme
mais la dame s'interposa.

— Attendez, il y en a encore deux. Il faut les
voir toutes. C'est la règle ici, vous savez, pour
donner à chacune sa chance.

La deuxième était une Vietnamienne vraiment
bien sous tous rapports, mais j'étais gêné de faire ça
avec elle, à cause des horreurs au Vietnam. C'est
difficile d'être heureux dans de telles conditions.

— J'ai encore une Noire, dit la personne, et elle fit entrer Mlle Dreyfus.

J'écris « elle fit entrer Mlle Dreyfus » d'une manière tout à fait indicible, faute de cataclysme expressif à ma portée. Je ne puis en effet décrire l'effet inattendu que me fit l'entrée de Mlle Dreyfus dans le salon. Je fus pris d'une sorte de bonheur, car elle n'était pas en Guyane et tout devenait soudain à nouveau possible, accessible et abordable, on pouvait enfin se rejoindre dans la plus grande simplicité. Il y avait enfin un bon Dieu dans ce bordel.

Elle portait des bottes à mi-cuisses et une mini-jupe noire en cuir.

Elle s'arrêta devant moi et je dus faire un effort terrible pour demeurer mine de rien et ne pas lui donner l'impression que je ne croyais pas aux contes de fées.

Elle était là. C'était bien elle. Ce n'était pas un conte de fées. Elle n'était pas partie en Guyane avec son accent chantant des îles. Elle avait simplement changé d'affectation.

J'étais tellement heureux en serrant mon chapeau contre ma poitrine, que la mère maquerelle — j'emploie ce mot dans une odeur de sainteté — sourit avec psychologie en voyant ma mine euphorique et couverte de sueur froide, et dit :

— Je vois que vous avez fait votre choix. Par ici.

J'avais les jambes qui flageolaient sous l'effet de cette expression et du bonheur à l'idée que Mlle Dreyfus n'était pas partie en Guyane avec son doux accent des îles, et que tout est bien qui finit bien.

J'éprouvais également des inquiétudes épouvantables par crainte de manifester le plus léger étonnement ou un hurlement atroce et incontrôlé, par élégance, car Mlle Dreyfus pouvait s'imaginer que j'étais étonné de la trouver dans un bordel et il fallait me montrer à la hauteur, pour ne pas la peiner.

— On ne peut pas être juge et parti, lui dis-je avec esprit.

Elle ne m'entendit pas, car elle marchait devant moi et nous entrâmes dans une chambre très agréable, sans fenêtre mais avec un grand lit partout et des glaces sur le mur pour voir ce qu'on fait. Mlle Dreyfus ferma la porte avec intimité, vint vers moi, mit ses bras autour de ma nuque, appuya son bas-ventre contre moi et me sourit.

— Qui est-ce qui t'a dit que je travaillais ici?

— Personne. J'ai beaucoup de chance, c'est tout. Un coup de pot. Tenez... Tiens...

Je l'ai tutoyée. Comme ça, tout naturellement.

— Tiens.

Je lui ai tendu le bouquet de violettes. Il ne restait presque plus d'eau dans le verre à force de marcher et d'émotion.

— Tu vois, tu devais savoir où me trouver, puisque tu m'apportes des fleurs.

— Il y a des coups heureux. Au bureau, on m'a dit que tu étais partie en Guyane.

Elle se déshabillait. Comme ça, sans aucune gêne, comme si on ne se connaissait pas.

Moi, je n'osais pas encore enlever mon pantalon. Ça me paraissait à l'envers. C'est mal fait. On devrait enlever son pantalon après, quand tout est fini, on se quitte. Moi, je vous dis que c'est à l'envers.

— En Guyane, répétai-je, car je voulais lui montrer que je n'avais pas perdu la tête et que je savais où j'étais.

200

Elle s'était installée sur le bidet en me tournant le dos pour la pudeur.

— Oui, je leur ai raconté ça, c'était plus simple. Avant, je venais ici seulement après le travail, mais il fallait être au bureau le lendemain à neuf heures et c'était éreintant. Le bureau, j'en avais ralbol, c'est trop ingrat comme travail. Je venais ici le soir claquée, excédée. Ça me gâchait mes soirées. C'est pas humain, le bureau, les machines, toujours le même bouton qu'on appuie. Ici, c'est peut-être pas considéré, mais c'est beaucoup plus vivant et il y a du changement. C'est plus social, il y a le contact humain, c'est plus personnel. On participe à quelque chose, tu vois ce que je veux dire? On fait plaisir, on existe. Excuse-moi l'expression, mais le cul, c'est tout de même plus vivant que les machines à calculer. On se rencontre. Il y a des types qui arrivent ici malheureux comme des pierres et qui sortent améliorés. Et puis, tu sais, si on ne pouvait pas acheter de l'amour avec de l'argent, l'amour perdrait beaucoup de sa valeur et l'argent aussi. Ça fait du bien au pognon, je t'assure. Il en a besoin. Qu'est-ce que tu veux, quand tu peux te taper une belle fille pour cent cinquante francs, tes cent cinquante francs ont beaucoup plus de gueule, après. Ils prennent une tout autre valeur. Au moins on sait que le pognon veut vraiment dire quelque chose, que ce n'est pas rien.

Elle était debout, s'essuyant l'intimité avec la serviette. Du coup, je n'ai plus eu d'inhibition, je me sentais tout à fait dans mon espèce, et je me suis mis nu, moi aussi.

Je lui ai touché les seins.

— Tu es belle, Irénée, lui dis-je.

Elle m'a touché aussi, en souriant.

— Oh dis donc! fit-elle, avec compliment.

Je sentis que je grandissais dans son estime.

Je pensais aussi en général, je pensais à l'ordre des grandeurs et à l'Ordre des Médecins et à leur communiqué en vue de préserver l'entrée libre et sacrée du foutre dans l'avortoir, mais ce sont des personnes très distinguées et garanties d'origine, qui n'ont pas vécu à la portée de toutes les bourses.

Elle hésita un moment en gardant sa main sur ma voie d'accès au droit sacré.

— Pourquoi tu vis avec un python?

— Nous avons des affinités sélectives.

— Qu'est-ce que c'est?

— Comme ça se prononce. Affinités sélectives, électives et affectives, en raison de recherches infructueuses. C'est dans le dictionnaire, mais il faut se méfier, car les dictionnaires sont là dans un but prometteur. Affinités, je ne peux pas dire non, évidemment. Je ne sais pas du tout ce que cela signifie, c'est pourquoi je pense que c'est quelque chose de différent. J'emploie souvent des expressions dont j'ignore prudemment le sens, parce que là, au moins, il y a de l'espoir. Quand on ne comprend pas, il y a peut-être possibilité. C'est philosophique, chez moi. Je recherche toujours dans l'environnement des expressions que je ne connais pas, parce que là au moins on peut croire que cela veut dire quelque chose d'autre.

Elle tenait toujours la main sur mes possibilités qui ne cessaient de grandir.

— Toi, tu es un vrai poète, dit-elle mais pas du tout méchamment.

— Viens que je te lave, ajouta-t-elle.

Je ne voulais pas faire le différent et je m'assis sur le bidet comme tout le monde.

Elle se pencha et jeta un peu d'eau sur ma voie d'accès au droit sacré à la vie.

Ensuite elle s'agenouilla devant le sacré et commença à me savonner le cul.

Je calculai mentalement qu'avec tous les soins que j'avais reçus dans ce domaine, je devais avoir le cul le plus propre du monde.

— Vous savez, je ne vous demanderai pas ce truc-là, lui dis-je en la vouvoyant, pour élever un peu nos rapports humains.

— C'est plus civilisé d'être propre partout, dit-elle.

— Il y en a beaucoup qui le demandent?

— Beaucoup. C'est dans le vent, en ce moment. Tout le monde veut se libérer, c'est le grand truc dans toutes les revues féminines. Il ne faut pas refouler, c'est la psychanalyse.

— La liberté éclairant le monde, c'est connu, dis-je.

— Et tu sais, une fois que c'est bien propre, on peut tout faire.

— Les gens veulent toujours l'impossible, remarquai-je. Et c'est la feuille de rose.

— Et puis, c'est important pour notre dignité de bien laver le client, dit-elle. C'est psychologique. Comme ça, on se dit que ce n'est pas très différent de ce que les infirmières ou les bonnes sœurs font avec dévouement. C'est bon pour notre moral. Remarque, moi, je n'ai pas de problème. Je suis très nature.

On s'est levé.

Je pris la serviette, merci, et je me suis essuyé moi-même.

Elles vous lavent mais elles vous laissent toujours vous essuyer vous-même.

Elle s'est déroulée à côté de moi sur le lit de

toute sa longueur et commença à me sucer les tétons.

Ça brûlait à l'intérieur. Ils n'ont pas encore trouvé un savon, ou alors la pub ne fait pas son métier. Je pense qu'il y a encore beaucoup à faire. Je dis fermement comme je le pense et avec les larmes dans les yeux que l'agence Publicis ou les jeunes agences dans le vent devraient proposer un savon très doux pour feuilles de rose, avec affiches à l'appui, comme on faisait pour le bébé Cadum. Je pense que la pub n'a pas encore trouvé sa vraie place et qu'il y a des points de vente qu'elle néglige.

Je m'essuyai les yeux discrètement pour ne pas avoir l'air.

— Fais-moi un gros câlin, murmurai-je.

Ça brûlait un peu moins, le temps faisant bien les choses.

Elle me regardait non sans étonnement. Je crus d'abord qu'elle voyait mes écailles mais je me débarrassai de ce préjugé dans un effort de normalisation.

— Pourquoi tu pleures, chéri? Qu'est-ce qui ne va pas?

— Il y a de quoi, je suis heureux.

— De quoi pleurer?

— De quoi tout. Fais-moi semblant.

Elle me fit semblant avec beaucoup de métier. Elle s'enroula autour de moi avec bras et jambes. Elle posa sa tête sur ma poitrine avec les consolations de l'Église. Ses poils étaient encore un peu mouillés, car elle en avait avec abondance, mais je pensais aux gouttes de rosée, à l'aube, à la tendresse matinale. Je continuai à pleurer un peu du nez par ablation de l'espoir. Je ne me sentais pas trop différent de tout le monde, avec le savon qui brûlait dans mon cul. Je ne faisais plus le prétentieux avec autre chose et ailleurs, j'étais démographique, avec voies d'accès et droit sacré à la vie. J'avais repris place. C'était le billet à destination avec contrat social et plein emploi.

Je décidai de donner dès le lendemain Gros-Câlin au jardin zoologique. Il était différent. Je n'avais plus le droit de le garder. C'était vraiment quelqu'un d'autre.

Mlle Dreyfus fit glisser sa main gauche et commença à me flatter délicatement. Il en eut tout de suite pour deux.

— Dis donc, t'es un rude gaillard, dit-elle pour le compliment d'usage, avec hommage et estime.

Je pensais à la bonne pute aux Halles qui m'avait dit « viens, je ferai dégorger ta limace », et une autre avec esprit qui m'avait lancé « alors, chéri, tu m'enviandes ? » Ce sont des expressions bon enfant qu'il faut prendre à la bonne franquette et à la légère.

Je ne pleurai plus du tout, faute de produits de première nécessité pour faire des bombes à domicile.

— Serre-moi très fort dans tes bras, mon amour, dis-je à Mlle Dreyfus envers et contre tous.

Elle me serra très fort dans ses bras et me caressa dans ce silence au goutte-à-goutte qui fait bien les choses. La tendresse a des secondes qui battent plus lentement que les autres. Son cou avait des abris et des rivages possibles. Elle était vraiment douée pour la féminité.

— Tu ne m'as toujours pas dit pourquoi tu gardes un python chez toi...

— C'est ressemblant.

— Ressemblant à quoi ?

— C'est différent, je veux dire.

Elle réfléchit, mais ça fermait à une heure trente

et elle rampa à petits bécots vers mon sens unique et commença à me prodiguer ses soins.

On s'est rhabillé. C'était cent cinquante francs sans compter.

— C'est quand même un truc extraordinaire, l'argent, lui dis-je de bonne humeur. Ça facilite tout. On se rencontre, on se rejoint et on se retrouve.

— C'est un truc vrai et honnête, l'argent. Ça ne ment jamais. C'est là, noir sur blanc. Il est très nature. C'est pourquoi il a tant d'ennemis.

— La nature fout le camp, c'est écologique, dis-je.

— C'est ressemblant, voilà.

On s'habillait toujours en parlant pour ne pas rompre trop brutalement les rapports et avoir l'air que c'est fini et qu'on n'a plus rien à se dire.

J'hésitai un peu.

— J'aurais dû te le demander avant, mais maintenant qu'on se connaît mieux... Vous ne voudriez pas venir vivre avec moi? Je donnerai mon python au jardin zoologique.

Elle devint grave et secoua la tête.

— Non, vous êtes gentil, mais je tiens à ma liberté.

— Vous l'aurez avec moi. La liberté est une chose sacrée.

Elle avait pris un petit air obstiné.

— Non, mon indépendance avant tout. Et j'aime ce que je fais. Je soulage, j'ai un rôle, j'aide les gens à vivre. C'est bien plus fort ici que dans les hôpitaux. Les infirmières, ça reste toujours à côté. Je viens ici parce que j'aime.

— C'est très religieux.

— Non, je fais pas la pute parce que je crois au bon Dieu, pour lui, non. C'est pas du tout parce

206

que c'est chrétien, ou quelque chose comme ça. J'aime bien, c'est tout. Et puis, quand je suis payée, je sais que j'ai de la valeur. Combien de femmes se font vraiment payer, qui savent qu'elles valent vraiment quelque chose? La plupart font ça pour rien, elles se prostituent, se gaspillent. Elles se donnent pour rien, comme si elles ne valaient rien. Non, j'aime bien.

— Vous pourrez continuer à venir ici, je ne demande pas tant. Dans un couple, il faut respecter la personnalité de chacun. Je suis pour la liberté du couple.

— Non, vraiment, vous êtes très gentil, mais non. Vous pouvez toujours venir me voir ici, c'est beaucoup plus commode. Aujourd'hui, il ne faut pas se compliquer la vie.

Elle ouvrit la porte. Je jetai un regard à mes violettes, sur le lavabo. Et puis de toute façon, ça se fane.

— Ne leur dites rien, à la STAT, ça vaut mieux, me dit-elle. Remarquez, c'est là-bas que j'avais honte de faire ce que je faisais, pas ici. Allez à bientôt au revoir.

Je suis sorti.

Je saluai la patronne.

— Revenez nous voir, dit-elle.

Je suis descendu, j'entrai au café et passai dans les lavabos où je me suis enfermé dans les chiottes pour mettre de l'ordre dans mes idées et respirer un peu. J'avais besoin d'un endroit bien isolé entre quatre murs pour voir si j'étais là. Je suis enfin parvenu à me dénouer et à rentrer chez moi.

Je sifflotai.

Je me sentais bien.

La nature reprenait le dessus. J'avais un peu faim et je suis allé prendre Blondine dans sa boîte.

207

J'ouvris la bouche pour l'avaler mais au moment où je la mettais sur ma langue, je compris que c'était justement la nature qui reprenait le dessus et que moi j'étais contre les lois de la nature avec environnement, conditionnement et droit sacré à quelle vie, il y en avait marre, ça suffit comme ça. J'avais très faim, j'avais déjà posé la souris sur ma langue et j'avais terriblement envie de l'avaler, mais je n'allais pas me soumettre comme ça aux lois de la nature, merde. Je remis Blondine dans sa boîte, toute mouillée. L'humain, il y en a marre.

Je dormis très mal et courus à plusieurs reprises à la salle de bains pour me laver le cul, mais en vain.

La voix de la nature était terrible mais j'ai tenu bon jusqu'au matin et je donnai Blondine à la patronne du *Ramsès* qui voulait depuis longtemps une petite chose vivante et tendre avec des oreilles, tout le monde ne pense qu'à bouffer. Je suis rentré à la maison mais là je trouvai trois souris que madame Niatte avait apportées pour moi et je n'ai pas pu, je les avalai l'une après l'autre, après quoi je me suis enroulé sur moi-même dans un coin et j'ai fait un petit somme.

Le matin d'un des jours suivants sans pouvoir préciser au juste, j'ai porté Gros-Câlin au Jardin d'Acclimatation car je n'avais plus besoin de lui, j'étais très bien dans ma peau sur toute la ligne. Il me quitta avec la plus grande indifférence et alla s'enrouler autour d'un arbre comme si c'était du pareil au même. Je suis rentré chez moi et me suis lavé le cul, après quoi, j'ai eu un moment de panique, j'avais l'impression de ne pas être là, d'être devenu un homme, ce qui est tout à fait ridicule lorsque, justement, vous êtes un homme et n'avez jamais cessé de l'être. C'est notre imagination qui nous joue des tours.

Vers trois heures de l'après-midi je fis une crise d'amitié et je suis descendu au *Ramsès* pour jeter un coup d'œil à Blondine mais la boîte était vide; ou bien la patronne l'avait mise ailleurs ou bien elle l'avait déjà bouffée. Je suis rentré dans mon deux-pièces, mais j'avais de la fièvre et des pensées. Je me mis alors à rédiger des petites annonces, messages urgents et télégrammes réponse payée mais je ne les expédiai pas, car je connais la solitude des pythons dans le grand Paris et les préjugés à leur égard. Toutes les dix minutes, je courais me laver le cul au-dessus de tout reproche.

Vers cinq heures je compris que j'avais là un problème et qu'il me fallait quelque chose d'autre, de sûr et de dépourvu d'erreur humaine, mais je demeurai résolument antifasciste. J'éprouvais un tel besoin déchirant de première nécessité, avec quelque chose d'autre, de différent, de bien fait à tous égards que je courus chez un horloger rue Trivias où je suis entré en possession d'une montre de compagnie, au cadran blanc, franc et ouvert, avec deux aiguilles gracieuses. Le cadran me sourit tout de suite. L'horloger me proposa aussitôt une autre montre, qui était « supérieure ».

— Celle-là, vous n'avez même pas besoin de la remonter. Elle marche toute l'année sur quartz.

— Je désire au contraire une montre qui aurait besoin de moi et qui cesserait de battre, si je l'oubliais. C'est personnel.

Il ne comprenait pas comme tous ceux qui sont par habitude.

— Je veux une montre qui ne pourrait pas continuer sans moi, voilà. Celle-là...

J'ai refermé ma main dessus. Je pensais, je ne sais pas pourquoi, au bouquet de violettes. Je m'attache très facilement.

Je sentais la montre se réchauffer dans ma main. J'ouvris ma main et elle me sourit. Je suis parfaitement capable de susciter un sourire d'amitié chez une montre. J'ai ça en moi.

— C'est une Gordon, dit l'horloger avec un air important.

— C'est combien?

— Cent cinquante francs, dit le marchand, et c'était un signe du ciel, car c'était autant que Mlle Dreyfus.

210

— Pour ce modèle, il n'y a pas de garantie, dit le marchand, avec tristesse, car il devait parfois y réfléchir.

Je suis rentré à la maison, je courus me laver le cul, et puis je me suis coulé sur le lit, avec la petite montre au creux de la main. Il y a des moineaux qui viennent ainsi se poser dans le creux de la main, il paraît qu'on y arrive avec de la patience et des miettes de pain. Mais on ne peut pas vivre ainsi sa vie avec des miettes de pain et des moineaux au creux de la main et d'ailleurs, ils finissent toujours par s'envoler, à cause de l'impossible. Elle avait un cadran tout rond avec un petit nez tout petit au milieu et les aiguilles s'ouvraient dans une sorte de sourire, mais cela dépendait de l'heure, on ne peut pas sourire tout le temps. Quand j'étais gosse au dortoir je faisais venir la nuit à l'Assistance un gros bon chien que j'avais inventé moi-même dans un but d'affection et mis au point avec une truffe noire, de longues oreilles d'amour et un regard d'erreur humaine, il venait chaque soir me lécher la figure et puis j'ai dû grandir et il n'y pouvait plus rien. Je me demande ce qu'il est devenu, car celui-là, il ne pouvait vraiment pas se passer de moi.

Je suis resté de longues heures avec la montre dans le creux de ma main. C'était quelque chose d'humain qui ne devait rien aux lois de la nature et qui était fait pour compter dessus. Parfois je me levais et je courais me laver le cul. Le matin, j'ai avalé la dernière souris, pour la bonne volonté et l'environnement. Dans un jour ou deux, je vais oublier de remonter Francine, je vais faire exprès pour qu'elle ait besoin de moi. J'ai appelé la montre Francine à cause de personne de ce nom.

J'ai peur de retourner au bureau, en raison de mon évidence, je ne peux plus faire semblant avec

la conviction nécessaire. J'ai voulu faire la grève de
la faim mais il n'y a pas que Mlle Dreyfus au
monde, il y a aussi le monde alors que voulez-vous.
J'ai quand même réussi à tenir deux jours sans rien
manger, mais les lois de la nature ont eu le dernier
mot et lorsque madame Niatte est entrée pour me
nourrir, je me suis dressé et je lui ai pris la boîte
des mains. Il y avait là six souris et j'en ai tout de
suite avalé une pour l'acceptation et le comme il
faut, pour rassurer la brave personne sur mon
caractère humain. Je ne veux pas d'histoires.

— Oh, monsieur Cousin! s'exclama-t-elle.

Je n'ai pas relevé. Si elle veut m'appeler Cousin,
ça la regarde.

Je me suis mis à rire, j'ai pris encore une souris
par la queue et je l'ai avalée, avec démocratie. Dans
un agglomérat de dix millions d'habitués, il faut
faire comme tout le monde. Il faut être et faire
semblant des pieds à la tête.

Madame Niatte a dû être tout à fait rassurée
parce qu'elle est partie en courant et elle n'est plus
revenue.

Le lendemain, je me suis remis à fonctionner,
j'allai à la STAT et je suis resté à mon IBM sans
que personne s'aperçoive de mon absence. A la
sortie du métro, le ticket ne me jeta pas et me
garda à la main avec sympathie, il savait que je
passais par des moments difficiles.

Je souffre toujours, lorsque je suis couché, de
mon absence de bras autour de moi, j'ai très mal à
Mlle Dreyfus, mais j'ai lu l'autre jour que c'est
normal, les gens à qui on coupe une jambe
continuent à avoir mal à la jambe qui n'est pas là,
c'est un état de manque avec mutilation et défi-
cience. J'ai remarqué un glou-glou bienveillant
dans le radiateur et c'est encourageant. Le cin-

quième jour de la lutte du peuple français pour sa libération, j'ai commencé à éprouver de la philosophie : il y a les uns et les autres et les uns sont les autres mais ne le savent pas, faute de mieux. Mais ça a aussitôt fait un nœud de plus et pour rien.

Je prends maintenant des précautions pour ne pas me faire dénoncer. Je mets parfois astucieusement un disque de Mozart, très fort, pour ne pas inquiéter les voisins, pour qu'ils sachent qu'il y a là homme, puisque ça écoute du Mozart. La clandestinité était plus facile sous les Allemands, à cause des fausses cartes d'identité.

J'ai longuement parlé avec Jean Moulin et Pierre Brossolette, dans mon fort intérieur, je leur ai dit que je ne pouvais plus les cacher chez moi. Je leur ai dit qu'il fallait faire malin-malin et pseudo-pseudo. Ils ont très bien compris, l'un à cause du coup de Calluire et l'autre, à cause des cinq étages sans ascenseur. J'ai donc enlevé les deux portraits du mur et je les ai brûlés astucieusement, car ils étaient mieux cachés ainsi et couraient moins de risques, j'ai la chance de disposer de beaucoup de place dans mon fort intérieur. Il n'y a pas mieux, comme clandestinité. Je les ai assurés que j'allais les nourrir tous les jours de ce que j'avais de mieux et je suis même allé acheter des provisions de piles pour leurs torches électriques, parce qu'on ne peut pas rester tout le temps dans le noir, il faut de l'espoir.

Je ne suis pas revenu voir Mlle Dreyfus au bordel, je ne vois pas ce que j'ai à offrir à une jeune femme libre et indépendante Je suis cependant obligé de reconnaître que je cours souvent m'asseoir sur le bidet pour me laver le cul, car on ne peut pas vivre sans rêver un peu. Je ne pense jamais à Mlle Dreyfus, sauf pour m'assurer tout le temps que je ne pense pas à elle, pour la tranquillité d'esprit.

Je tire des satisfactions de ma montre de chevet. Je suis heureux de constater qu'elle s'arrête pendant mes absences, comme le marchand me l'avait promis et bien qu'elle fût sans garantie. Je crois toujours que 2 est le seul 1 concevable, mais c'est peut-être encore une erreur humaine. J'entends souvent au-dessus à tous points de vue les pas du professeur Tsourès qui va et vient avec les massacres et les droits de l'homme et j'ai l'impression qu'il va descendre, mais il reste toujours chez lui, à l'étage supérieur, souffrant d'insomnie, à cause de sa générosité.

A la STAT aussi tout se passe bien, avec bon usage. Mon caractère humain crève les yeux et je ne suis donc l'objet d'aucune attention. Le garçon de bureau n'est plus là, il a été foutu à la porte, on avait fini par le repérer. Je ne peux pas dire qu'il me manque mais je pense beaucoup à lui, cela me sécurise de savoir que je ne peux plus le rencontrer. J'éprouve, certes, certes, qui n'en éprouve pas, des états latents et aspiratoires et je prends des produits pour ne pas inquiéter. On fabrique d'ailleurs des membres artificiels avec bonne présentation et en vue d'emploi, de vie utile et sans rougir. J'écoute mes collègues de bureau parler de la hausse des cris, mais personne ne les entend, c'est couvert par le nombre.

Je me lève parfois au milieu de la nuit et je fais des exercices d'assouplissement en vue d'acceptations futures. Je rampe, je me noue, je me tords et me plie dans tous les sens sur la moquette, pour les besoins éventuels de la cause. Il y a des moments de telle exaction que l'on a vraiment l'impression d'exister. Je raconte cela par souci de mise en garde, car je ne voudrais surtout pas qu'on s'imagine.

Et puis, il y a les petits riens. Une lampe qui se dévisse peu à peu sous l'effet de la circulation extérieure et qui se met à clignoter. Quelqu'un qui se trompe d'étage et qui vient frapper à ma porte. Un glou-glou amical et bienveillant dans le radiateur. Le téléphone qui sonne et une voix de femme, très douce, très gaie, qui me dit : « Jeannot? C'est toi, chéri? » et je reste un long moment à sourire, sans répondre, le temps d'être Jeannot et chéri... Dans une grande ville comme Paris, on ne risque pas de manquer.

DU MÊME AUTEUR

Impression Bussière à Saint-Amand (Cher),
le 17 novembre 1986.
Dépôt légal : novembre 1986.
1er dépôt légal dans la collection : janvier 1977.
Numéro d'imprimeur : 3194.

ISBN 2-07-036906-4./Imprimé en France
Précédemment publié au Mercure de France
ISBN 2-7152-0020-X.

39414